Танцующие сердца

Вплести кого-то в ткань своей жизни — это любовь.

Translated to Russian from the English version of
Waltzing Hearts

Криш

Ukiyoto Publishing

преданность

подтверждение

"*Вальсирующие сердца*" стали возможны благодаря энтузиазму и постоянной поддержке моей семьи. Я в долгу перед моей матерью Свапной и моим отцом Рабиндрой за их заботу и понимание, с которыми они воспитывали меня.

Я хотел бы поблагодарить своих четырех сестер - Сармисту, Шармилу, Сушри и Сонали, которые сыграли важную роль в написании этой книги.

Наконец, я выражаю свою горячую благодарность издательству Ukiyoto Publishing и их команде поддержки, которые проявили веру в мою работу и помогли мне опубликовать ее.

Об авторе

Сваруп Кумар Далай

Сваруп Кумар Далай родился самым младшим ребенком в своей семье и рос на попечении четырех любящих сестер и скромных родителей. Благодаря их воспитанию он вырос, очарованный сокровищницей книг, с которыми сталкивался в своей жизни. Чтение рассказов стало его хобби, и вскоре он погрузился в увлекательный мир литературы.

Эта страсть сохранялась в нем и по мере того, как он продолжал изучать медицину. Получив диплом врача, он наконец решил написать свой первый роман. Совмещая карьеру выпускника медицинского факультета и писателя, он заручился поддержкой издательства Ukiyoto, которое помогло ему опубликовать "*Вальсирующие сердца*" под псевдонимом "Криш".

В настоящее время он живет в своем родном городе в Индии и работает над другим проектом, который надеется вскоре опубликовать. Как писатель, он твердо убежден, что читатель в конечном счете является главным критиком книги.

Содержание

Сумерки

Это было зимой 2009 года. Шайра лежала, покрытая снегом. Все было по-прежнему таким тихим и умиротворенным. Это было идеальное место для уединения, и Кристоффу оно казалось довольно приятным. И в этом месте уважали частную жизнь человека. Вот почему он решил переехать сюда.

На улице шел сильный снег, и Кристофф большую часть времени проводил в праздности. У него не было ни компьютера, ни сотового телефона, ни телевизора. Он жил простой жизнью, и этого, казалось, было достаточно.

Сегодняшний день ничем не отличался от других. Он лежал на диване и читал "Шерлока Холмса". Холмс заинтриговал его, как и всех остальных, своими выводами и методологией; он был довольно хорош.

Часы пробили девять. Пришло время ужинать. Ну, кусочек хлеба, масло и стакан молока. Этого ему было достаточно. Когда он начал подниматься по ступенькам, раздался стук в дверь. Он подумал, что это ветер. Но он ударил снова.

Лениво, элегантной черепашьей походкой Кристофф направился к квадратному куску дерева. Он отпер петлю и только успел открыть ее, как в лицо ему подул холодный, пронизывающий ветер.

Перед ним стояла фигура, похожая на снеговика, закутанного в пальто, щеки которого были едва видны. Глаза бегают по сторонам в поисках ответа.

- Проходите, пожалуйста, внутрь, - сказал он посетителю.

Не отвечая, он прошел мимо него прямо к костру впереди и согрелся. Кристофф закрыл за собой дверь и задумался о личности этого несвоевременного посетителя.

Несколько минут прошло в полной тишине, прежде чем посетитель заговорил.

“Спасибо вам”, - сказал посетитель.

"Это был женский голос", - подумал он про себя. Судя по акценту, это был американец.

Она сняла пальто и положила его на ближайший диван. Когда она это сделала, Кристофф заметил следующее:

У нее было стройное тело, высокий рост и светлая кожа. На ее левой руке была татуировка в виде Ауроборуса. Она была брюнеткой с собранными в конский хвост волосами, торчащими из-под черной водолазки. На ней были черные, довольно дорогие зимние ботинки, джинсы из денима и кольцо на указательном пальце правой руки.

Когда она повернулась к нему, он увидел ее лицо. “Хорошенькая” было подходящим описанием для нее. Но это озадачило его; это задело какую-то струну в его памяти, и он не знал почему.

Все еще греясь у огня, она заговорила.

“Я журналист”.

“И вы здесь, чтобы снимать ”Хуанко"", - заключил Кристофф.

“Да...”

Хуанко были неизвестными птицами, которые прилетали сюда зимой. Как бы странно это ни звучало, они гнездились там в течение месяца, прежде чем улететь в другое место, о котором никто никогда не знал.

- Но у меня сломалась машина, и мне пришлось пройти довольно большое расстояние, прежде чем я нашел этот дом.

- Ваш оператор? - с любопытством спросил он.

“Мужчины тебя тормозят, вот во что я верю...”

Это казалось грубым, но точным.

- Поэтому я пришла одна, - добавила она и бросила на него быстрый взгляд. Кристофф кивнул и сделал мысленную пометку, что с этой дамой трудно спорить.

- Ладно, тогда... - сказал он, подходя к холодильнику и ища что-то под названием “еда”. У него было пять буханок хлеба и полдюжины яиц. Добавьте немного лука и масла, и омлет готов. Этого было бы достаточно, подумал он.

Он поставил все необходимое на стол и, задыхаясь, сказал: "Вот твоя еда".

Она выглядела немного озадаченной. Но он все равно продолжал говорить.

- Я иду наверх спать. Ты можешь приготовить себе омлет и поспать на диване.

- Но я не умею готовить, - сказала она, когда он поднимался по лестнице.

- И я тоже. Кроме того, ты справишься; я бы только задержал тебя, не так ли? - сказал он, прежде чем захлопнуть дверь и оставить ее ругаться "Придурок".

Итак, Кристофф обнаружил, что лежит на своей кровати и ждет, что вот-вот услышит какой-нибудь шум. Прошло пять минут, потом еще пять, и в конце концов, через полчаса, его терпение лопнуло. Он открыл дверь и обнаружил, что еда на столе остыла, а девушка заснула.

Он прошел на кухню и начал готовить омлет. Он добавил немного масла, затем разбил яйцо пополам и хорошенько размешал его на сковороде. После этого он добавил к яйцу немного соли и лука, разогрел два ломтика хлеба и выложил яйца и хлеб на тарелку.

Он подтащил к дивану маленький столик и поставил на него тарелку. Работа сделана. Но девушка все еще спала.

Должно быть, она действительно устала. Но ему пришлось разбудить ее, и это потребовало немалых усилий.

Он толкнул ее локтем в плечо, попытался окликнуть и в конце концов сделал последний шаг и плеснул немного воды на лицо спящей красавицы. Когда он это сделал, она проснулась от удивления и ругательств.

- Ты... зачем ты это сделал? " закричала она. Он повернулся и пошел наверх, произнеся последние слова этого вечера,

- Съешь это, а то простудишься. Рядом с тобой лежит одеяло. Это поможет, если тебе понадобится.

Наконец, Кристофф лег на свою кровать, чтобы поспать.

Раздался крик, полный ужаса. Вокруг собрались люди. Он видел и слышал безумные голоса под дождем и продолжал безрассудно бежать. Машина могла бы сбить его с ног, но он поднялся и продолжил бежать. Наконец он прибыл.

Пробираясь через него, он увидел лежащий на дороге окровавленный нож. Увы! Он опоздал...

Кристофф проснулся, судорожно вздохнув, и попытался успокоиться. Но он не мог. Он просто не мог от них избавиться. Воспоминания о них продолжали преследовать его. Ни время, ни расстояние не облегчали чувства вины. Как бы он ни относился к этому, рана всегда становилась глубже.

Встав с постели, он спустился вниз, чтобы проведать своего неожиданного посетителя. Тарелка была пуста, она спала, а Люси, его любимая собака и единственный компаньон, лежала рядом с диваном.

Когда она увидела его, ее хвост завилял, и она бросилась на него. Это жест, означающий, что она была голодна. Поэтому он взял ее миску и высыпал на нее немного печенья, прежде чем поставить ее на пол. Она мгновенно проглотила эти кусочки и залаяла, показывая, что все еще голодна.

Этот лай разбудил спящую леди, и она вскочила с дивана, удивленная и кричащая.

- Боже мой... bejesus...that...dog...is это твое? она запнулась.

“Да”, - ответил я.

- ...Э-э-э... Вчера вечером я этого не заметил. Он кусается?”

- Во-первых, это она, и она действительно кусается, но только на тех, кто ведет себя как шуты.

- Очень смешно, - сардонически произнесла она, все еще не сводя глаз с собаки.

Люси, тем временем, доела свою тарелку. Она взглянула на нее и, подпрыгивая, направилась к дивану.

Леди начала прыгать и пререкаться, в то время как Люси забралась на нее и начала лизать ей руки. Сначала она кричала, но постепенно поняла, что Люси настроена дружелюбно.

Итак, нежелание уступило место дружбе, и, конечно, боясь, но не испуганная, она медленно протянула руки к голове Люси и впервые погладила собаку.

“Видишь, ты ей нравишься”, - сказал Кристофф.

- Да... и спасибо тебе за вчерашний вечер, - вежливо ответила она.

- Не беспокойся, - сказал я.

- Ну, это редкость, когда мужчина помогает незнакомцу.

“ Нет. Вы не незнакомка — вас зовут Лиза Спаркс. Ты работаешь на "Таймс". А ты дерзкая.”

- Откуда ты знаешь?..

- Это имя написано на твоей сумке вместе с логотипом канала. И вчерашний вечер, я думаю, оправдывает мое последнее замечание.”

Лизе было немного стыдно, но, тем не менее, у нее хватило смелости извиниться.

- Извини, что назвал тебя занудой. Я был расстроен и зол”.

- Не бери в голову. Итак, не хочешь ли чего-нибудь перекусить? - спросил он с улыбкой.

Таким образом, от инцидента отмахнулись.

Искрящийся туман

Он был для нее незнакомцем. И все же он был самым добрым человеком из всех, кого она встречала до сих пор. Кто-то может подумать, что он скучный, но очень часто самые сдержанные люди оказываются самыми интересными.

Она хотела увидеть его снова, но они были далеко друг от друга - так далеко, что больше не разговаривали. Она скучала по Шайре. Такое опьяняющее место, а Кристофф был таким любящим и предупредительным. Шесть лет они были в разлуке. Она пришла в это место в надежде запечатлеть моменты своей жизни, но вместо этого потеряла там свое сердце. "Какая же я дура", - подумала она.

Первое утро, проведенное с ним, врезалось ей в память. Буря снаружи прекратилась. Небо было ясным, и холод не был таким пронизывающим. Лиза сидела на диване, осматривая комнату, восхищаясь произведениями искусства, развешанными по стенам, и небольшим беспорядком в декоре.

Сказать, что это было тихое место, полное спокойствия, было бы несправедливо. Но, проще говоря, это было интригующе. Ни телевизора, ни какой-либо современной техники, за исключением кухонной техники. Как будто этот парень хотел отгородиться от внешнего мира – сбежать.

Люси перебралась с ковра на диван, удобно устроившись рядом с Лизой. Через некоторое время Кристофф появился из кухни, держа в руках блюдо.

- Вот твой завтрак, - сказал он, ставя тарелку на стол.

Когда она сняла крышку, в ее памяти запечатлелся восхитительный аромат кофе, сдобренного сливками, и аромат свежеприготовленного сэндвича "Лоукити[1]". Она покопалась в нем, и это было роскошно. Пока она наслаждалась едой,

---

[1] Лоукити: Разновидность сэндвича

Кристофф ел яблоко, облокотившись на подоконник и глядя на улицу.

- Это восхитительно. Спасибо». Ты хорошо готовишь, - сердечно сказала она.

- Рад, что тебе понравилось, - ответил он.

Эти двое замолчали, погрузившись в свои собственные миры. Кристофф перевел взгляд на Лизу и молча наблюдал, как она ест.

- Итак, мисс Спаркс, как вы собираетесь снимать этих существ? он с улыбкой прервал ее размышления.

- Ну, вот, видите, мое снаряжение. И у меня есть эта крошечная кнопочная камера. Это должно принести мне пользу, - ответила она.

- Хорошо... Но тебе не страшно идти туда одной? - с любопытством спросил он.

- Я бывал в местах и пострашнее. Она подняла голову и встретилась с ним взглядом.

Кристофф выглядел впечатленным — его брови приподнялись, создавая морщинки на лбу, а уголки рта приподнялись в тонкой улыбке, выражая признательность, — прежде чем он заговорил снова: "Небольшой совет. Не ходите ночью к озеру Шайра, - предупредил он.

- Могу я узнать почему? - спросила она с любопытством.

"Потому что там становится очень опасно, особенно этой зимой", - объяснил он.

- Конечно... Ты просто пытаешься напугать меня, - сказала она, чувствуя вызов.

- Не-а... Ты не из тех, кто пугается. Ты просто слишком наивна, чтобы понять то, что я только что сказал, - ответил он.

Итак, время шло, и вскоре этот момент настал. Было девять, и ей пора было идти. Она взяла свое пальто и комплект снаряжения и направилась к двери. Кристофф, однако, неподвижно стоял у окна.

Решив, что это будет невежливо, она достала из кармана пальто визитную карточку и окликнула его. - Мистер Майерс, спасибо вам за все. Если вам понадобится моя помощь, обязательно позвоните мне, - сказала она, протягивая свою визитку.

- Да, конечно, - сказал он, забирая у нее карточку.

И вот, она отправилась снимать "Хуанко".

Тропинки были покрыты снегом, и идти по ним было немного трудно. Но, идя дальше, она обнаружила там местность. Люди в этом районе, хотя и небогатые, имели самое необходимое для жизни. Прежде всего, они были достаточно гостеприимны, чтобы расчищать дороги от снега для посетителей.

Она не была уверена, сколько еще ей предстоит ехать, но путешествие оказалось утомительным. Иногда она присаживалась на пороге какого-нибудь незнакомого дома, чтобы перевести дух. Она позвонила своему помощнику в гору, чтобы тот отбуксировал ее машину из-под снега. Беззаботно и уверенно снимая этих птиц, она двинулась дальше.

Однако возникла небольшая проблема. Она дошла до перекрестка и не была уверена, идти ли ей прямо или повернуть налево. Ее мобильная карта совершенно не помогла ей.

Пока она стояла, размышляя, что-то ударило ее по плечу, заставив вскрикнуть. Обернувшись, она увидела футбольный мяч, лежащий на дороге. Маленький мальчик, вероятно, лет 11, бежал к нему. Он был один и играл на расчищенной траве у дороги.

- Извини, - пробормотал он.

“Все в порядке, малыш”, - ответила она.

Он подобрал мяч и начал вести дриблинг, все это время играя в одиночку.

Она огляделась и увидела сиротский приют под названием “Тереза”. В дверях стояла монахиня, присматривая за детьми, игравшими перед входом.

Лиза подошла к монахине в поисках помощи.

- Сестра, не могла бы ты мне помочь? Я заблудилась, - сказала она.

- Потерялся? Никто не потерян, пока ты не потеряешь надежду, - безмятежно сказала монахиня.

- Да, это правда, - согласилась Лиза. - Но мне действительно нужна ваша помощь. Вы не подскажете мне дорогу к озеру Шайра? - спросила она.

- Озеро... Да, здесь поверните направо, а затем продолжайте идти прямо, пока не дойдете до поворота. Поверни налево, и ты на месте, ” проинструктировала монахиня.

- Спасибо, - с благодарностью произнесла она.

“Не за что”, - ответила монахиня.

С этими словами она повернулась, чтобы уйти, но любопытство взяло верх, и она не удержалась и спросила: “Сестра, почему мальчик играет там один?”

- О, это Август. Он живет со своей матерью в доме напротив. Я думаю, он немного застенчив, - объяснила монахиня.

- Застенчивая... ха, - ответила она, прежде чем снова уйти.

Наконец, продвигаясь вперед, она увидела проблеск озера. Все было покрыто льдом. И все же жизнь пробивалась под этой сосулькой. Дрожащие травинки, трепетание странных лепестков, монотонность и спокойствие этого места манили весну ворваться в их жизнь.

Это было зрелище, которое она должна была запечатлеть. И как только фотоаппарат оказался у нее в руках, она начала синхронно щелкать снимками.

Сообщалось, что Хуанко видели только по ночам. Итак, она разбила там лагерь, дожидаясь наступления сумерек. Временами Лиза теряла терпение, но ее айпод был рядом, чтобы успокоить ее. Из еды у нее была пара буррито, которые Кристофф давал ей на случай, если они понадобятся. Медленно, но верно сгущались сумерки, и мелодия этих непохожих друг на друга птиц оглашала окрестности озера. Переступив с ноги на ногу, она спрятала камеру за ближайшую живую изгородь и присела на корточки в ожидании.

Спустя, как ей показалось, целую вечность, из-за дерева показался светящийся синий хвост, обрамленный черными вспышками; она попыталась унять волнение, но не смогла, так как ее сердцебиение было слишком быстрым. "Еще чуть-чуть", - мысленно уговаривала она птицу. И вдруг в озеро ударила молния. За этим последовал оглушительный раскат грома. Окрестности заволокло густым туманом, закрывавшим ей обзор.

"Дерьмо", - сказала она, проклиная свою удачу.

Затем последовало нечто экстраординарное. Звуки колыбельной, словно звучавшие на пианино, гармонично зазвучали в ее ушах. Она увидела очертания огромной птицы, вынырнувшей из тумана и распростершей свои огромные крылья на фоне залитого лунным светом неба. Ее глаза уставали, пока она не почувствовала, что засыпает прямо на траве.

***

Лучи утреннего солнца блестели на ее холодном теле, когда она неподвижно лежала на мокрой траве. Ее уши, руки и ноги онемели. Ее лицо было обморожено, и она испытывала сильную боль. Утреннее небо казалось таким безмятежным, но не это было ее главной заботой.

"Что могло вызвать этот ослепительный голубой свет?" - размышляла она.

Держатель ее фотоаппарата все еще был на месте, но она сомневалась, что на нем можно было что-то запечатлеть. Пока она лежала, размышляя, она увидела очертания человека, бегущего к ней, прежде чем снова потеряла сознание.

Была ли она мертва?

Нет, ей это снилось. Так и должно было быть.

Именно с такими мыслями она столкнулась, когда впервые открыла глаза. Однако она обнаружила, что лежит на кровати, укрытая одеялом. Рядом с ней сидел знакомый мальчик.

Когда он заметил, что она проснулась, он выбежал из комнаты и сбежал по лестнице, крича: "Мама! Мама! Она проснулась. Леди проснулась!"

- Полегче с этим, Август. Я поднимаюсь, чтобы повидаться с ней, - произнес нежный женский голос.

В комнату вошла светловолосая дама лет тридцати с небольшим. Она была брюнеткой, и у нее был очаровательный, сладкий голос.

" Как ты себя чувствуешь? нежно спросила она.

- ...Прекрасно, - Лиза старалась говорить как можно лучше.

"все в порядке. Холод приглушил твой голос. А теперь отдохни немного.

Она кивнула, после чего дама вышла из комнаты.

Одинокая и больная, единственное, что она могла делать, - это смотреть. Она лежала в маленькой, но хорошо обставленной комнате. Простого и уютного было бы достаточно, чтобы описать его убранство и практичность. Однако там была фотография, которая привлекла ее внимание.

Перед кроватью, на фоне красной стены, стояла фотография этой женщины и ее мужа. У нее был выпуклый живот, и они выглядели по-настоящему счастливой парой. Пока она продолжала внимательно осматривать комнату, прошел час, прежде чем дама вошла, открыв дверь.

В руке она держала тарелку. Она поставила его на низкий столик у кровати и села рядом с Лизой.

- Вот, попробуй это, - сказала она, протягивая ей миску.

Лиза перевернулась на спину и подошла к кровати, чтобы съесть предложенный ей суп.

Пока она пила суп, в ее голове роилось множество вопросов. Однако ее организм нуждался в еде больше, чем в ответе на вопрос "Как я сюда попала?".

- Не беспокойся об этом. Ложитесь и отдохните немного, - сказала дама и направилась к выходу.

- Подожди, - сказала Лиза.

"да. Вам что-нибудь нужно?" заботливо спросила лама.

«как тебя зовут?»

“Это Триша”, - ответила дама.

- Спасибо, что спасли мне жизнь, - с благодарностью сказала Лиза.

"ой! Это не я привел тебя сюда. Это был Кристофф, - объяснила Триша.

“Кристофф?” - Удивленно спросила Лиза.

"да. Он увидел, как ты лежишь там на холоде, когда пошел к тому озеру, чтобы собрать для меня кое-какие травы, - пояснила Триша.

- Травы? - спросил я.

- Да, я в некотором роде врач, - объяснила Триша.

“Э-э”, - Лиза озадаченно уставилась на даму и кивнула, не в силах понять, почему Кристофф тоже был там, в лесу. Она оглянулась на Тришу и одарила ее мягкой улыбкой: “Спасибо. Ты даже не знаешь меня, и ты решил заботиться обо мне”.

- Не за что, - улыбнулась Триша и кивнула, прежде чем уйти. День прошел в том, что Триша постоянно проверяла Лизу, чтобы убедиться, что все в порядке. С наступлением ночи Лиза погрузилась в глубокий, целебный сон.

На следующее утро Лиза проснулась, чувствуя себя значительно лучше. Она медленно села, разминая ноющие мышцы. Солнечный свет струился через соседнее окно, освещая интерьер хижины в деревенском стиле. Когда она огляделась, ее взгляд упал на знакомую фигуру, сидевшую в кресле на другом конце комнаты.

“Кристофф?” - спросила она, ее голос все еще был хриплым со сна.

Он кивнул с намеком на улыбку на лице. - Рад видеть, что ты проснулся. Как ты себя чувствуешь?

Лиза помолчала, обдумывая вопрос. - По-моему, уже лучше. Все еще в замешательстве... ну, обо всем.”

Кристофф наклонился вперед, выражение его лица было задумчивым. - Это вполне объяснимо. Вы прошли через серьезное испытание.

Лиза нахмурила брови, пытаясь сложить воедино события, которые привели ее сюда. - Я помню холод... озеро... но все как в тумане.

“Иногда разум защищает нас от травмирующих переживаний”, - предположил Кристофф. - Возможно, сейчас лучше не зацикливаться на этом.

Лиза медленно кивнула, и тут ее осенила мысль. “Кристофф, почему ты был там, в лесу? Триша упоминала что-то о травах...

Он тихо усмехнулся. - Ах, да. Я часто помогаю Трише собирать ингредиенты для ее лекарств. Это что-то вроде моего хобби.

По мере того как они продолжали беседовать, их разговор постепенно перешел на более философские темы. Лиза оказалась втянутой в дискуссию о страхе и готовности к риску.

Улыбки и розы

Страх обычно проистекает из неизвестности. Страх перед последствиями, "что, если" и "должен" может парализовать людей, не позволяя им рисковать. Однако лучше столкнуться с неприятием после того, как выскажешь свои мысли, чем жить в постоянном состоянии неопределенности.

“Такая философия - чушь собачья”, - прокомментировал он.

- Что ж, это правда, - резко ответила Лиза.

- Это правда? Что ж, тогда выслушай меня. Вот ребенок, который восхищается своим соседом по соседству. Он не знает, что такое любовь. Он просто очарован ее красотой”, - сказал он.

- Что это значит? - спросила она.

- Это значит, что она ему нравится, но его беспокоит застенчивость. Я не хочу читать ему лекцию о вашей мусорной философии; я хочу дать ему шанс”, - объяснил он.

- Шанс сделать что? - насмешливо спросила она.

“Чтобы подружиться с ней”, - ответил он.

“Ты думаешь, он скажет хоть слово в ее присутствии?” - спросила она.

“ Нет. Ему это и не нужно, ” ответил он.

- Ладно, это начинает раздражать. Скажи мне, что ты собираешься делать, - потребовала она.

“Просто жди и наблюдай”, - сказал он с улыбкой.

Оставив ее в недоумении, Кристофф ушел, а она задумалась, с чего начался этот разговор.

***

Позже в тот же день она лежала на своей кровати, когда он постучал в дверь. Он вошел с непринужденной улыбкой, держа в руках букет роз. Не красные, а льдисто-голубые. Их цвет был странным, но опять же, то, что она увидела позавчера вечером, было еще более странным.

Он поставил его в вазу у кровати и заговорил очень спокойно.

- Твоя сумка с оборудованием внизу, - сказал он.

- Спасибо, - ответила она.

"хорошо...Тогда у меня есть для вас несколько бесплатных советов, ” предложил он.

- Только не это, - Лиза закатила глаза.

- Я серьезно.

- Что? - спросила она.

“Не снимайте этих птиц тайно”, - предупредил он.

- Почему бы и нет? - спросила она с любопытством.

“Потому что....”

Его выступление было прервано появлением Триши.

“Так мило, что ты пришел сюда”, - сказала Триша Кристоффу.

“Да, знаешь, в этом доме тепло”, - сказал он.

- Действительно, тепло, если есть любовь, - сказала она, взглянув на другую женщину.

Держи его. Она думает, что я и он. Это отвратительно. Лиза задумалась.

"Нет... Ты неправильно понял, - сказала Лиза, вставая.

“Да, ужасно неправильно”, - поддержал Кристофф.

- Тогда зачем эти жужжащие розы? - Спросила Триша с самодовольной ухмылкой на лице.

“ Жужжащие розы? Лиза нахмурилась.

- Да, они вырастают только раз в четыре года, когда Хуанко напевают свою мелодию на сон грядущий, - объяснила Триша.

- Спишь? - спросил я.

- Ладно, мне лучше уйти, - пробормотал Кристофф и попытался уйти.

- Нет, ты не должен, - сказала Триша, хватая его за руку. - Ты должен помочь ей, - приказала она.

"Это не мое дело", - ответил он в ответ.

"Ну, она не может снимать без посторонней помощи", - настаивала Триша.

"Да, она может", - сурово сказал Кристофф.

Лиза кивнула. - Я ценю это, но мне действительно не нужна помощь.

Внезапно в элегантном самообладании Триши появилось раздражение. - Хорошо... Вы оба спускайтесь вниз и ждите, ” скомандовала она.

Ее дерзость, по сравнению с ее спокойствием, действительно поразила их обоих, и они ответили в унисон.

” Да, мэм.

Они вдвоем спустились вниз и сели на противоположных концах дивана, но смотрели в одно и то же окно. Август снова играл в полном одиночестве и время от времени поглядывал на ту девушку.

"Что ж, это действительно печально", - невольно произнесла Лиза.

"Что грустно?" - спросил он.

- Сын Триши. Ему нравится вон та девушка, но он очень застенчивый, ” объяснила она.

- Подожди, Августу нравится Ева? Кристофф нахмурился и усмехнулся. - Что ж, это что-то новенькое. Потребуется некоторое время, чтобы осознать это, ” сказал он.

- Тогда ее зовут Ева. Откуда ты знаешь? - спросила она.

"Я часто бываю в этом месте", - ответил он.

"Жаль, что я не могу ему помочь", - подумала она.

“Но желание не меняет реальность”, - заметил он.

“Хорошо, что ты предлагаешь?” - спросила она.

- Ничего. Я не вмешиваюсь в детские дела, ” сказал он.

“Ты бесполезен”, - парировала она.

- Ну, и что же предлагает этот спящий, скачущий на коне болван? ” поддразнил он.

- Как ты смеешь так обращаться ко мне, придурок... - начала она.

” Ладно, извини, но ты поняла, что только что произошло? перебил он.

- Ну, и что же произошло? она спросила.

- Я подстрекал тебя, и ты отреагировал. Закон Ньютона. Это применимо в реальном мире”, - объяснил он.

На мгновение она действительно задумалась о том, кем на самом деле был этот Кристофф. Он был бесчувственным, законченным придурком и в то же время очень проницательным и отзывчивым человеком.

- Вот и все. Я понял. Давай дадим ему несколько советов, - сказала она с удвоенной энергией, и в ее голове словно зажглась лампочка.

” Какой совет? спросил он в замешательстве.

И именно так нам впервые доверили улыбки и розы.

Маленькие ангелочки

“Привет, можно с тобой поиграть?” - спросил Кристофф.

- Конечно, - нерешительно ответил мальчик.

Он взял мяч и пнул его в сторону Кристоффа. Кристофф попытался немного обыграть соперника, но мяч прошел между ног парня. Мальчик продолжал преследовать его, в то время как Кристофф продолжал владеть мячом.

- Ты кажешься хорошим ребенком. Почему ты играешь один?” - Спросил Кристофф, ведя мяч в дриблинге.

“Я не знаю, как заводить друзей”, - ответил мальчик.

- Завести друзей? Это просто, ” сказал Кристофф.

“Это должно быть… для тебя, ” ответил мальчик.

“Тогда я научу тебя”, - предложил Кристофф.

“Учить, но чему?” - спросил мальчик.

“Научу тебя, как разговаривать с этой девушкой”, - сказал Кристофф, останавливая мяч.

Когда мальчик проследил за направлением взгляда Кристоффа, его щеки окрасились в розовый цвет.

- Она тебе нравится? - Спросил Кристофф.

На мгновение воцарилась тишина. - Да, - неохотно ответил мальчик.

Прежде чем они смогли продолжить, Кристофф навострил уши, услышав, как кто-то назвал имя мальчика.

- Иди сюда. Завтрак готов, - крикнула Триша мальчику.

Мальчик забрал мяч с собой и убежал, вероятно, слишком стесняясь. Кристофф собрался уходить, но Триша окликнула его.

“Ты тоже, Кристофф”, - сказала она.

“Нет, я, пожалуй, откажусь; вы, ребята, поешьте сегодня без меня”, - ответил он и ушел.

Пока Кристофф шел по холодной улице, воспоминания вновь вспыхнули у него перед глазами. Он был совсем маленьким, когда кто-то оставил его на пороге детского дома. Монахини в приюте нашли его лежащим в корзине, завернутым в красное. Они приняли его как родного и дали ему имя, и раньше, чем он успел осознать, он стал членом семьи “Маленьких ангелов”, как называла их его любимая бабушка.

Свое детство он провел в компании своих друзей. Но время от времени в его голове возникал вопрос: “Почему родители бросили его?” - и ответ так и не приходил.

Это воспоминание заставило его затосковать по бабушке. Она жила всего в двух кварталах от того места, где он находился, и он решил навестить ее.

Тем временем, в доме Триши –

- Давай помолимся перед едой, - предложила Триша.

“Куда пошел Кристофф?” - Спросила Лиза.

“Он ушел”, - сказала Триша, и они начали молиться. Завтрак был обильным, а Лиза ужасно проголодалась, поэтому поела от души. Время от времени Триша рассказывала о Шайре и ее жителях, но Лиза обнаружила, что ее внимание сосредоточено на Кристоффе.

“Так откуда ты знаешь Кристоффа?” - спросила она с любопытством.

Триша улыбнулась. - Ну, он друг моего мужа. Когда мы переехали в Шайру два года назад, он помог нам обустроиться. Насколько я его знаю, он скромный человек. И это тоже полезно, - объяснила Триша.

- Но он не подходит под твое описание, - усмехнулась Лиза.

- Нет, - защищалась Триша. “Он просто очень прямолинеен в своих ответах и очень замкнут, но он заботливый и удивительный человек”.

Они продолжали обсуждать Кристоффа и таинственных птиц. Лиза узнала, что Кристофф был единственным человеком, который видел их и написал о них статью под псевдонимом К. Джоэл. Триша объяснила, что другим репортерам не удавалось запечатлеть птиц на камеру, они постоянно засыпали или обнаруживали, что их оборудование неисправно.

После завтрака Лиза проверила свой фотоаппарат. Результат был тот же: все было белым. Ни на одном снимке они не были запечатлены.

- Будь оно проклято, - сказала она.

- Я же тебе говорила, - сказала Триша.

Лиза решила обратиться за помощью к Кристоффу, узнав, что он живет без современного оборудования и у него нет телефона. Она отправилась на его поиски и несколько часов пробиралась по снегу.

"Наконец-то", - в изнеможении воскликнула она, добравшись до знакомого дома.

Она поднялась по небольшим ступенькам на деревянное крыльцо и постучала в дверь. Ответа не последовало. Это продолжалось некоторое время, после чего она поняла, что его нет дома. Она стояла на крыльце и смотрела на улицу, пока не устала и не присела на низкую деревянную скамью у подоконника.

Там она подождала, пока ее не охватит сон.

***

Чья-то рука коснулась ее плеча, и она, вскрикнув, проснулась, выставив руки перед собой в защитном жесте.

- А-а-а! - вскрикнула она.

- Господи, какой же ты громкий, " пробормотал Кристофф.

"ой! Это ты, - ответила она.... Я думала, это был тот Ужасный Снеговик.

Он молча уставился на нее. - Ты смотришь слишком много фильмов, не так ли? Прежде чем Лиза успела ответить, он продолжил: " Почему ты сидишь возле моего дома? он спросил.

" Э-э-э... Я пришла сюда и обнаружила, что дверь заперта, - объяснила она.

- Меня не было дома, вот почему… Но почему ты здесь?” - сказал он, вставляя ключ в замочную скважину.

- Ничего особенного, - глупо ответила она, поднимаясь на ноги.

- Хорошо, ” дверь со щелчком открылась. - Просто сначала зайди внутрь. Останься еще немного на улице, и ты получишь обморожение.

Они вошли, и она бросилась к камину и села на пол. Она потерла руки в перчатках и тяжело задышала, пытаясь согреться. Люси вбежала в комнату и прыгала до тех пор, пока они обе не повалились на диван. Лиза хихикнула и погладила Люси, приветствуя собаку.

“Довольно неплохо для того, кто боится собак”, - сказал Кристофф, наблюдая за их взаимодействием.

“Да... Я все еще боюсь их, но не этого”, - ответила она.

Он поднялся наверх и через некоторое время спустился в повседневной одежде. Лиза молча смотрела на него, не зная, как попросить его составить ей компанию.

- Полагаю, вас прислала сюда Триша, - начал он, направляясь на кухню, чтобы заварить чай.

- Да, - подтвердила она, вставая и садясь на диван.

Он вышел из кухни и прислонился к дверному косяку, не сводя с нее глаз. - Я ничем не могу вам помочь.

“.... Но почему бы и нет? - перебила она.

- Сначала послушай, - сказал он. - Я не могу помочь вам снять их на пленку. Вы не сможете легко снять их на пленку. Но я, безусловно, могу помочь вам увидеть их”.

- Я не понимаю, - сказала она.

Кристофф рассказал о способности этих существ обнаруживать камеры и о том, как ему посчастливилось их увидеть. Он рассказал о своем опыте встречи с захватывающей дух синей птицей, перья которой мерцали в лунном свете. Он с яркими подробностями описал, как помог раненому животному, а затем с благоговейным трепетом наблюдал, как оно улетело и повело его к замерзшему озеру, где на льду танцевали великолепные огоньки. Этот образ запечатлелся в его сознании, каждый цвет и движение навсегда запечатлелись в его памяти.

После его рассказа она была ошеломлена. То, что он говорил, на самом деле было невозможно, но, с другой стороны, она была свидетельницей части этой последней ночи.

- Но в ту ночь, когда я уже собирался уходить, я увидел что-то светящееся, лежащее на земле. Очевидно, это было перо раненой птицы. Потом я взял его на память о той фантастической ночи и ушел".

" Можно мне на это взглянуть? Глаза Лизы заблестели от надежды и волнения, и Кристофф не смог отказать ей.

Он кивнул и жестом пригласил ее следовать за ним. Они поднялись наверх, в его спальню, где Кристофф достал из одного из ящиков стола коробку и протянул ей. Она открыла его и увидела, что перо сияет голубым, как море, когда на нем отражаются солнечные лучи.

" Боже мой, " сказала она, " как все это возможно?

"Я сам об этом подумал и придумал несколько возможных ответов", - ответил Кристофф.

Спускаясь по лестнице, они говорили о его красоте и таинственности. Кристофф усадил Лизу в гостиной, а сам скрылся на кухне. Она ждала так терпеливо, как только могла, но не удержалась и направилась прямиком на кухню.

Нос Лизы дернулся, когда по каюте разнесся насыщенный аромат шоколада. Охваченная любопытством, она последовала на запах в маленькую кухню, где обнаружила Кристоффа, чьи руки были перепачканы мукой, он тщательно намазывал глазурь на свежеиспеченный пирог.

- Так-так, - сказала она, с ухмылкой прислоняясь к дверному косяку. - Я не думал, что ты любишь выпечку.

Кристофф поднял голову, в его глазах промелькнуло удивление. "Ты многого обо мне не знаешь", - ответил он с кривой улыбкой.

Лиза подошла ближе, разглядывая торт. - Итак, кто же этот счастливый получатель? У тебя есть тайная подружка, которая прячется в этих лесах?"

Кристофф усмехнулся, качая головой. - Ничего столь драматичного. Это на завтрашний день рождения Мэри.

Брови Лизы взлетели вверх. – О-о-о... - дразняще проворковала она. " Она помолчала, а затем добавила с озорным блеском в глазах: - Хотя я немного разочарована, что до сих пор не встретила эту загадочную женщину, которая покорила твое сердце.

Кристофф добродушно закатил глаза. - Извини, что разбиваю твой романтический пузырь. Моя жизнь не так уж интересна.

Лиза рассмеялась, затем указала на торт. - Нужна какая-нибудь помощь?

Кристофф поколебался мгновение, прежде чем кивнуть. - Конечно, если ты в настроении. Можешь начать с клубники."

Когда Лиза вымыла руки и начала нарезать фрукты, она не удержалась и спросила: "Итак, как давно вы знакомы с Тришей?"

Кристофф, казалось, тщательно обдумывал свой ответ. - О, уже довольно давно. Она была своего рода наставницей, рассказывала мне о растительных лекарствах и тому подобном."

Лиза кивнула, ее любопытство было возбуждено. - И что же привело тебя сюда в первую очередь? Здесь не так уж много социальных возможностей".

Руки Кристоффа на мгновение замерли, прежде чем он возобновил свою работу. - Мне нужны были... перемены. Этот город больше не был для меня".

Лиза почувствовала, что за этой историей кроется что-то еще, но решила не настаивать. Вместо этого она сменила тактику. - Что ж, должен сказать, твой торт выглядит восхитительно. Где ты научилась так печь?

Кристофф что-то промычал и на мгновение замолчал. - Я должен был как-то этому научиться. Я жила одна с тех пор, как переехала сюда, так что мне нужно было что-то с этим делать".

Лиза улыбнулась ему в ответ, наслаждаясь этим воспоминанием о его прошлом. - У нее чудесный голос. Бьюсь об заклад, она была бы горда, увидев, как ты сейчас готовишь для нее пироги посреди леса.

Кристофф рассмеялся, и его теплый, сочный смех наполнил маленькую кухню. - Когда ты так говоришь, это действительно звучит немного странно, не так ли?

Лиза усмехнулась, отправляя в рот ломтик клубники. - Странное может быть хорошим. Значение нормы переоценивают."

Кристофф кивнул в знак согласия, затем взглянул на нее с более серьезным выражением лица. - Кстати, о странностях, как ты себя чувствуешь? Еще какие-нибудь воспоминания возвращаются?"

Улыбка Лизы слегка померкла. - Несколько нечетких изображений тут и там, но ничего конкретного. Честно говоря, это расстраивает".

- Дай ему время. У разума есть свой собственный способ исцеления."

Лиза кивнула, благодарная ему за понимание. «спасибо. И спасибо, что нашли меня там. Я не знаю, что бы случилось, если бы ты не...

Она замолчала, не желая рассматривать такие возможности.

Кристофф покачал головой. - Не стоит меня благодарить. Любой на моем месте поступил бы так же.

Лиза приподняла бровь. - Не каждый привел бы незнакомца в свой дом и ухаживал за ним, пока тот не выздоровел.

Кристофф пожал плечами, выглядя слегка смущенным похвалой. - Ну, давай просто скажем, что я знаю, каково это - нуждаться в помощи и иметь кого-то, кто может ее оказать.

Лиза мгновение изучала его, чувствуя, что за его словами кроется какая-то история. Но прежде чем она успела спросить, Кристофф прочистил горло и указал на торт. - Может, закончим этот шедевр?

Лиза кивнула, решив пропустить этот момент мимо ушей. Пока они работали бок о бок, она обнаружила, что чувствует себя на удивление непринужденно в этой странной ситуации. В Кристоффе было что-то такое - спокойная сила, намек на таинственность, - что одновременно интриговало и успокаивало ее. Пока они болтали и смеялись над тортом, Лиза поняла, что, несмотря на неопределенность своих обстоятельств, она чувствовала себя в безопасности здесь, в этой уютной лесной хижине, с этим загадочным мужчиной, который спас ей жизнь.

Затем Кристофф объяснил свои теории о биолюминесценции птиц, процессе их вылупления и о том, почему им нужен холод, чтобы вылупиться. Он также выдвинул гипотезу о спящей мелодии и появлении крупных птиц.

В Лизе проснулись журналистские инстинкты, и она поймала себя на том, что задает наводящие вопросы, стремясь побольше узнать об этих загадочных существах. Пока Кристофф говорил, Лиза поняла, почему никто никогда не снимал этих птиц на видео и почему никто не мог этого сделать. Молния и туман на таком близком расстоянии вывели из строя все оборудование для видеосъемки. Затем восторженная мелодия убаюкала людей, а прямо на глазах расцвела сказка.

В последующие дни к Лизе вернулись силы, и она обнаружила, что все глубже погружается в мир, в котором жили Кристофф и Триша. Тайны леса, птицы и целебные травы завораживали ее. Она начала смотреть на мир новыми глазами, ценя волшебство и чудеса, которые существовали за пределами ее прошлой жизни.

Но когда осень сменилась зимой, Лиза поняла, что не сможет оставаться здесь вечно. С тяжелым сердцем она попрощалась с Тришей и Кристоффом, пообещав поддерживать связь и хранить секреты того, что ей довелось пережить.

Вернувшись в город, Лиза с головой погрузилась в работу, используя свой новообретенный взгляд на вещи, чтобы придать своему творчеству глубину и проницательность, которых она никогда раньше не достигала. Ее карьера процветала, но в моменты затишья ее мысли возвращались к тем неделям в лесу, к тайнам, которые она видела мельком, и к Кристофу.

Шли годы, и, несмотря на свой профессиональный успех, Лиза обнаружила, что не может полностью избавиться от воспоминаний о том времени. Волшебство, свидетелем которого она стала, и связь, которую она почувствовала с Кристофом, преследовали ее во сне и не выходили из головы.

Мелодия соловья

Наступил вечер, и он ворвался в Шайру. Медленно проглядывали звезды, освещая улицы своим радостным танцем. Посреди этого очаровательного места Лиза сидела, пораженная видом дома Кристоффа.

Они проговорили весь день, и он согласился помочь ей. Итак, прямо сейчас они сидели у камина. Он сидел напротив нее в своем кресле-качалке, в то время как Люси и Лиза сидели на диване.

“Ну, это займет три дня”, - сказал он.

- Я могу подождать. Кроме того, я бы с удовольствием осмотрела это место, - ответила Лиза.

- Ну, в этом и есть очарование Шайры. Это привлекает всех”.

Разговор расходился по разным углам, и незаметно зашла речь о любви.

- Значит, ты любишь этого человека? - Спросила Лиза.

"да. Она для меня все”.

- Все, да? Итак, как ее зовут?” - с любопытством спросила Лиза

“Мэри”.

“ Мэри. Этот торт для нее. Полагаю, завтра у нее день рождения.

"да. Ты можешь присоединиться, если хочешь, - сказал он, поддразнивая ее.

- Нет, я останусь здесь. Не хочу мешать ее особенному дню.”

- Поверь мне. Она будет рада увидеть кого-то нового.

- Ты в этом уверен? - спросил я.

“да”.

- Хорошо, если ты настаиваешь, я составлю тебе компанию, - сказала Лиза без всякого волнения.

Они поужинали на ночь, после чего он поднялся наверх, чтобы поспать. Лиза и Люси остались в комнате одни. Лиза скользнула на диван, рядом с ней на коврике у камина в маленькой корзиночке спала Люси. Перед тем как заснуть, ей пришла в голову одна мысль: "Мэри, а? Ей действительно повезло."

Первые лучи утреннего солнца коснулись лица Лизы через открытое окно. Кристофф был на кухне и тщательно упаковывал торт.

- Доброе утро, - поздоровалась Лиза.

- Здесь то же самое. Лучше приготовься. Мы отправляемся через час.

Он поспешно поднялся наверх и спустился с небольшим подарком в руке.

После того, как все необходимое было доставлено, они отправились в путь к дому, и да, Люси пошла с ними.

Они прошли довольно большое расстояние, прежде чем остановились перед большим домом.

Он постучал в дверь, и когда она открылась, Лиза почувствовала смущение и удивление одновременно.

Перед ней стояла пожилая дама лет шестидесяти и смотрела на нее с улыбкой.

"О, я вижу, ты привел друга", - с любовью сказала она Кристоффу.

- Да, и с днем рождения, бабушка, - сказал он, обнимая ее.

- Спасибо, - сказала она, и они оба вошли в это ее прекрасное место.

Лиза признала, что Кристофф был прав, назвав ее извращенкой. Она забыла, что любовь бывает разных видов. Это был ее первый момент смущения среди тех необыкновенных чувств, которые ей предстояло испытать.

Дом бабушки Мэри был очень похож на дом Кристоффа. Однако она сохранила его более нетронутым и эстетичным, чем он. Что ж, от женщин этого и следовало ожидать. Мужчины неуклюжи в таких вопросах. Пока Лиза была погружена в свои мысли, она услышала, как Кристофф зовет ее.

- Вы не могли бы зажечь его? спросил он, ставя торт в центр стеклянного стола и устанавливая сверху свечу.

" Нет. С удовольствием, - сказала Лиза, чиркая спичкой.

Свет был приглушен, и в центре комнаты стояли они четверо. Была исполнена песня "С днем рождения", и в довершение всего Люси еще и залаяла от волнения. Лиза предположила, что это было сделано скорее из-за торта, чем для того, чтобы пожелать ей счастья.

Бабушка Мэри взяла кусочек торта и дала его Лизе.

Это ее немного удивило. Она едва знала Лизу, но все же была с ней так дружелюбна.

Передавая его Лизе, она сделала веселое замечание: "Ты же знаешь Кристоффа, он у леди первый".

"Да, бабушка", - ответил он в том же духе.

Кристофф, тем временем, достал из кармана маленький подарок и протянул его ей.

Она по-матерински улыбнулась и спросила: "Что это?"

"Это то, что я получил", - сказал он.

Когда она развернула подарок, на ее лице отразилась ностальгия, и она спросила: "Где ты это нашел?"

- Джеффри нашел это на нашем старом месте. Я думал, что он был потерян во время вашего приезда сюда.

Подарком были старые очки, но они имели для нее большое значение.

Тем временем Люси залаяла.

"Мы не забыли тебя, Люси, держи", - сказала бабушка, кладя кусок торта на тарелку и ставя ее на линолеум.

"Я думаю, ты не приготовила завтрак", - сказал Кристофф.

"Нет. Я бы этого не сделал. Сегодня единственный день в году, когда я могу есть то, что ты готовишь, - приветливо сказала она.

- Что ж, вы оба можете сесть здесь. Я пойду и что-нибудь приготовлю. Я покажу тебе, бабушка, насколько улучшились мои кулинарные способности, " сказал он и пошел на кухню.

Там стояли два дивана-близнеца, стоящие друг напротив друга. Лиза села, и она последовала ее примеру.

С минуту они сидели молча, прежде чем она заговорила.

- Вы живете в Ривьере, - сказала она.

" Да, но как вы узнали?

- На твоем кольце есть этикетка.

Это замечание озадачило Лизу. Даже без очков у нее было хорошее зрение.

Однако она пояснила: "Видите ли, эти очки принадлежат моему мужу. Он умер около 30 лет назад, и я сохранил их и хранил при себе. Но во время нашего прибытия сюда они потерялись."

"Мне жаль", - сказала Лиза.

- Это не твоя вина. У него был рак, и борьба в конце концов взяла над ним верх".

Лизе нечего было на это ответить.

- Итак, Лиза, чем ты занимаешься? - спросила она, меняя тему.

- Ну, я репортер.

- Значит, пытаюсь снять "Хуанко".

- Да, и, к сожалению, безуспешно.

- Ах, такое случается. Я уверен, Кристофф помог бы тебе."

- Да, он сказал, что так и сделает.

- Итак, ты побывал на экскурсии по Шайре?

- Нет, но я надеюсь, что смогу это сделать в течение этих трех дней.

- Я уверен, вы найдете это прекрасное место. Здесь безмятежно, спокойно, и соседи очень дружелюбные.”

“Да, это правда”.

Затем бабушка Мэри заглянула на кухню и повернулась к Лизе.

- Ты же знаешь, я беспокоюсь о своем маленьком ребенке.

- Кристофф? Но почему-то он кажется по-настоящему счастливым.”

- Да, в этом-то и проблема. Он никогда не показывает этого при мне, но я знаю, какую боль он испытывает”.

- Болит?

- Да, он винит себя во всем, что произошло в прошлом.

Прежде чем они смогли продолжить беседу, в комнату вошел Кристофф с подносом еды.

Они сели за стол и, помолившись, приступили к еде.

Лиза съела то, что он приготовил раньше, но это было что-то другое.

“Ты определенно стал лучше, Кристофф”, - сказала она ему.

- Да, это намного вкуснее, чем раньше, - присоединилась к разговору Лиза.

“Что ж, давайте оставим формальности и поедим”, - ответил он.

Люси тоже присоединилась к нам, и в целом было очень приятно посидеть с друзьями и спокойно позавтракать.

- Значит, вот в чем суть семьи? Лиза думала и вспоминала своих маму и папу.

Ее отец был типичным трудоголиком, в то время как мать была свободной душой. Она жила на своих собственных условиях, ничем не ограниченная и беззаботная от всех обязательств. Лиза никогда не видела, чтобы они вели светскую беседу, и они никогда не открывались друг другу.

За исключением того факта, что они приложили все усилия, чтобы вырастить ее, она ничем иным не была обязана им. Они были отдаленной семьей. Она редко вспоминала о них, и они редко звонили ей, если только это не был ее день рождения.

Но сегодня, по какой-то причине, она скучала по ним еще больше. Может быть, это была просто мимолетная мысль или подавленное чувство. Лиза отмахнулась от этого и решила наслаждаться окружающей обстановкой.

К этому времени они уже позавтракали и отдыхали, когда их настал судьбоносный музыкальный час. В углу комнаты стояло пианино, и бабушка настояла, чтобы Лиза играла на нем.

- Извините, я только начал учиться играть на фортепиано. У меня это плохо получается, - сказала ей Лиза.

- Не бери в голову, пытаться гораздо лучше, чем ничего не предпринимать из-за страха. Кроме того, Кристофф поможет тебе, когда понадобится.

После долгих уговоров Лиза села на длинную скамью и попыталась уловить ритм, после чего заиграла мелодию. Поначалу у нее все шло хорошо, но потом она начала спотыкаться.

Как раз в тот момент, когда она была готова сдаться, пальцы Кристоффа переплелись с ее, и она почувствовала его теплое дыхание на своем холодном лице. Ее сердце забилось быстрее, а щеки покраснели. Он без особых усилий направлял ее движения, и теперь, несмотря на полный диссонанс, она играла восторженную мелодию. Он наклонился к ее плечам и прошептал ей на ухо: "Не думай здесь. Почувствуй музыку. Все будет хорошо".

В этих словах звучала уверенность. Она начала улавливать движения, и постепенно Кристофф отстранился, и теперь она играла самую безмятежную, чарующую музыку, которую когда-либо слышала в своей жизни.

Пока она играла, к ним присоединились звуки скрипки. Она видела, что Кристофф играет, полностью поглощенный игрой, но не сводя с нее задумчивых глаз. Некоторое время их взгляды были прикованы друг к другу, и на лицах обоих играла улыбка. Они делали комплименты друг другу в тандеме. Пара была настолько идеальной, что, когда они закончили, бабушка встала и зааплодировала.

- Вы двое - прекрасная пара, - сказала она с улыбкой.

Как будто этого было недостаточно, Люси тоже присоединилась к ним, издав несколько лающих звуков.

Они оба в унисон отмахнулись от этих слов: "Нет, вы неправильно поняли".

Их ответ прозвучал так комично, что бабушка от души рассмеялась и сказала: "Идите сюда, вы двое".

Они сели рядом с ней, и она сказала: "Вы знаете. Эта мелодия, которую вы сыграли, - мелодия Соловья. С первого раза это трудно сделать правильно. Но ты сыграл это безупречно.

"Это не значит, что мы пара", - повторили они в унисон.

"Нет. Это не так. Но поначалу мы с твоим дедушкой тоже так не думали. Мы познакомились на вечеринке. Он был одинок и играл на пианино в своей комнате. Я, будучи скрипачом, тоже присоединился к ним. И с тех пор наша жизнь изменилась".

- Значит ли это, что это хорошее предзнаменование? - Спросила Лиза.

"я не знаю. Они говорят, что все происходит по какой-то причине."

- Чьи они? - спросил я. - Спросил Кристофф.

- Мудрые мужчины и женщины.

- Ах, да. Я уверен, что это относится и к тебе, и к дедушке, " сказал он.

Бабушка слегка улыбнулась и сказала: "Я знаю, что вы двое молоды, но поверьте мне, когда я говорю, что на все есть причина".

"Нет, - возразил Кристофф, - случайность в жизни никогда не предопределена".

- И так и должно быть. Не нужно искать разум в хаосе жизни."

- Ты хочешь сказать, что случайные события просто идеально складываются в нужное время?

"Да. Но только когда ты правильно сформируешь свою жизнь, Кристофф."

- Это глубокомысленно, - ответила Лиза, - Но то, как ты это говоришь. Возможно, это правда.

Пока они разговаривали, раздался стук в дверь.

- Я открою, - сказала Лиза.

- Лиза, что ты здесь делаешь? - спросила Триша, стоя на крыльце вместе с Августом, держащим в руках подарок.

"Я здесь с Кристоффом", - ответила Лиза. - "Пожалуйста, проходите".

Они оба вошли и были с восторгом встречены бабушкой.

" О! Мой маленький мальчик так вырос, - сказала Мэри, обнимая его.

- С днем рождения, - ответил ребенок, протягивая ей подарок.

- Спасибо, - сказала она.

Затем она посмотрела на Тришу, прежде чем заговорить: "Ты просто немного опоздала, чтобы послушать мелодию".

Триша была немного удивлена: "Кто это сыграл?"

- Эти двое так и сделали, - сказала она, повернувшись к ним лицом.

- Правда, - сказала она, глядя на Лизу.

- Да, немного, - ответила Лиза.

Затем Триша посмотрела на Кристоффа и улыбнулась.

"Могу я поговорить с тобой, Кристофф?" - спросила она его.

- Конечно, - сказал он, когда они уходили. Тем временем бабушка поднялась наверх, оставив Августа, Люси и Лизу сидеть на диване, а мальчик хранил молчание.

Лиза подумала, что это прекрасная возможность поговорить с ним о Еве, но ее удержал еще один стук в дверь.

- Сегодня здесь определенно многолюдно, - сказала она, прежде чем направиться к двери.

На крыльце стоял замерзший мужчина, пристально глядя на письмо, которое держал в руке.

" Здравствуйте, чем я могу вам помочь? Лиза поздоровалась с ним.

- Кристофф Майерс. Он здесь?"

- Ну, он наверху. Ты можешь подождать его внутри. Я пойду и позвоню ему. Посетитель неуклюже уселся рядом с Августом, не отрывая взгляда от письма.

***

- Это хорошая новость, Триш.

- Говорят, он очень быстро выздоравливает. Может быть, еще пара месяцев, и он вернется.

"…. Прошу прощения за все доставленные хлопоты."

- Не стоит. Это была не твоя вина."

Когда Лиза вошла в комнату, она на мгновение увидела печальное лицо Кристоффа, прежде чем оно снова стало спокойным.

- Вас спрашивает посетитель.

- Для меня?

- Он ждет внизу. Возможно, ты захочешь проведать его."

"конечно".

Когда Кристофф поздоровался с ним, молодой человек криво улыбнулся и сказал: "Вы меня не помните, не так ли?"

"Нет. Но, судя по свертку, который вы везете, я предполагаю, что вы работаете в "Барроуз".

ты прав. Я Джек Гренингс, ведущий специалист фирмы."

- Что в нем? - спросил я.

- Это подарок от мистера Джеффри.

“ Мистер Джефф. Это интересно. Этот ленивый придурок теперь стал менеджером?”

"Да. А теперь, если вы примете это, я могу приступить к своим обязанностям.

- Видя, как легкомысленно ты выглядишь. Никаких конкретных инструкций для меня.”

- Четыре дня. Вот что он сказал.”

“ Фантастика. Передавай Джеффу привет от меня.

“Конечно, буду”, - сказал он перед уходом.

Тем временем Триша и Мэри беседовали за обеденным столом. Август сидел на диване в одиночестве, пока к нему не присоединилась Лиза.

“Ты знаешь, Август...” Лиза только начала, как в комнату ворвался Кристофф.

“Не здесь”, - сказал он, указывая на Мэри. Лиза поняла и сменила тему.

- Итак, кто был тот парень?

- Мои коллеги по офису.

- Он выглядел взволнованным.

“Это ожидаемо, когда вы уже опаздываете на поезд”.

Прошло всего несколько минут, прежде чем Мэри окликнула Кристоффа.

- Знаешь, мы с Тришей подумали, не могла бы ты привести Лизу сюда и показать ей Шайру сегодня.

- Сегодня? Я проведу экскурсию по ней завтра, - ответил он.

- Да, все в порядке, - согласилась Лиза.

“ Нет. Я не хочу слышать "нет". Ты отвезешь ее прямо к Изену, наймешь экипаж и покажешь ей этот город.”

- Но сегодня твой...

Триша прервала его и сказала: “Просто сделай это, Кристофф. Ты же знаешь, Мэри не приемлет отказа.

Взгляды обоих были такими суровыми, что Кристофф в конце концов подчинился. И они отправились к Изену.

Влюбляюсь

Пока Лиза и Кристофф шли одни по снегу, царила тишина. Но эта тишина была слишком громкой для нее, потому что в голову начали приходить странные мысли.

- Почему он такой молчаливый? Думает ли он о том, что сказала Мэри? Нет, это невозможно. Или дело в том, что он... я начала ему нравиться?"

У нее защемило в голове, и она закричала: "Прекрати это!"

Эти слова застали Кристоффа врасплох.

- С тобой все в порядке? он спросил.

- Да, да, все в порядке, - она запнулась на своих словах, глядя на него.

- Ты не думаешь о том, что сказала бабушка. А ты? - спросил он, останавливаясь.

Это застало ее врасплох: "Нет, нет, ни в коем случае. Я бы никогда в тебя не влюбился, "

- Я так и думал, - сказал он и снова зашагал вперед.

От этой тихой прогулки, когда сверху падал снег, а ветер заставлял их дрожать, ей стало тепло, и сейчас она не могла этого отрицать. Она начинала влюбляться в него.

"Мы на месте", - сказал Кристофф, когда они остановились перед маленькой гостиницей.

Он постучал в дверь, и на пороге появился мужчина средних лет с французской бородкой. У него было румяное, грубоватое лицо, которое дополняло его крепкое тело и низкий голос. Его глаза были опущены, а изо рта исходил запах алкоголя, когда он прислонился к стене.

"Ты что-то ищешь?" небрежно спросил он.

- Изен...Мэри послала меня сюда, " сказал Кристофф.

В тот момент, когда он услышал это имя, его глаза распахнулись, а небрежная походка выпрямилась. Он посмотрел на него, а затем ткнул в плечо.

- О, боже мой. Это действительно ты, ” сказал он вслух.

“Да, да, сначала умойся и выходи”.

В мгновение ока Изен уже стоял рядом с ними на улице, совершенно опрятный и чистый, судя как по его внешнему виду, так и по запаху.

- Мне нужна карета и, конечно, ты. Мы отправляемся в турне, Шайра.”

- В Эль-Пасио? - спросил Изен.

"Да."

- Подожди здесь минутку.

Затем Изен завернул за угол улицы, оставив их одних.

“ Эль Пасио? Это лошадь? - с любопытством спросила она.

- Ты увидишь, и, кстати, не смотри ему в глаза, - серьезно сказал он.

"почему?"

“Потому что, если ты это сделаешь, это извращенное животное будет преследовать тебя всю оставшуюся жизнь, пока не найдет что-нибудь более привлекательное”.

“Извращенная лошадь, я впервые об этом слышу”, - сказала она, смеясь.

Однако ее юмор пропал, так как она была заворожена, увидев это существо. Она и раньше видела лошадей, но таких - никогда. Конь был черен как ночь, глаза у него были бледно-белые, с карими зрачками, а главное, копыта у него были большие, и она осмелилась сказать, что никогда не видела лошади крупнее. Он влек карету с грацией и элегантностью короля. За ним, на водительском сиденье, сидела совершенно противоположная фигура. Увидев Изен, она поняла, что красота человека усиливается благодаря менее красивым созданиям.

- Садись, - сказал Изен, останавливая экипаж.

Они вошли и оказались в роскошных креслах с зелеными подушками, со стеклянными окнами по обеим сторонам и в задней части.

- В Иерихонский сад, - сказал Кристофф Изену, отодвигая маленькую деревянную дверцу впереди.

- Сад зимой. Я сомневаюсь, что это стоило бы нашей поездки, ” сказала она.

“Это больше, чем сад”, - сказал он с улыбкой.

И они поскакали прочь.

В 21 веке кажется странным найти экипаж, и еще более странным - оказаться в нем верхом. Но в этом и заключается красота Шайры; это очень редкое место, которое можно найти.

Пока они сидели в карете, мимо них проплывали вереницы деревянных домов, пока местность не стала круче, и они не обнаружили, что поднимаются по склону. Они разговаривали на протяжении всего путешествия, но он ни разу не заговорил о себе. Прошло некоторое время, прежде чем они прибыли в это мистическое место.

Лиза спустилась вниз и увидела большой деревянный дом под названием "Иерихонский сад". Его внешний вид разочаровал ее хорошее расположение духа.

“Это не сад, а обычный большой дом”, - сказала она.

- Ты нетерпелив. Просто зайди внутрь, - сказал Кристофф, - А ты, Изен, припаркуй машину и тоже присоединяйся к нам.

Она побрела по дорожке, которая вела к дому, и открыла дверь. Внутри было темно, и почти ничего не было видно.

Лиза стояла там до того, как Кристофф и Айсен присоединились к ней.

- Здесь ничего нет, - сказала она.

“Хорошо, просто подожди. Изен, поверни зеркало, - сказал он.

Айсен прошел в левый угол и полностью исчез.

” Что он делает? спросила она

“Направляя свет”,

Как только он закончил, ослепительный свет озарил гигантскую комнату. И вот оно стояло там. Многочисленные, разнообразно окрашенные деревья и растения. Но они не были обычными. Каждый из них был воплощен в реальность с большой тщательностью. То есть они были сделаны полностью из стекла.

“Взгляните на Стеклянный сад Иерихона”, - сказал Кристофф вслух.

Лиза стояла, ошеломленная. Она шла по тропинке, выложенной каким-то камнем, который продолжал светиться, когда она проходила мимо, освещая путь перед ней.

- Что это? Какой-нибудь датчик, - спросила она.

- Нет, каждый ваш шаг поворачивает рычаг, который опускает плиту из цветного стекла под этот прозрачный пол.

Ее мало заботил ответ, потому что, когда она дотронулась до ослепительно коричневой коры дерева, мимо ее руки пропорхнула белка.

- А... что-то шевельнулось! ” воскликнула она.

- Не волнуйся, он тоже сделан из стекла и приводится в движение шкивами, встроенными в кору.

Повсюду, куда бы она ни посмотрела, она находила оттенки зеленого, коричневого, красного и еще множество необъяснимых цветов.

Затем Кристофф прошел мимо нее и сорвал стеклянный цветок, свисавший с растения. Затем он подошел к ней и заговорил.

- Прижми это к своему сердцу.

Она сделала, как он сказал, и внезапно закрытые лепестки цветка раскрылись, превратившись в сияющую красную розу.

- Как это произошло? - спросил я. она спросила.

- Джерико сделал это из-за резонанса. Он улавливает биение вашего сердца, а затем усиливает этот звук, заставляя внутренние органы распускаться в виде цветка”.

“Я действительно поражен. Я никогда не думал, что такое может существовать.

“Но это так”, - сказал он и громко крикнул: “Изен, пусть сверкает”.

Внезапно деревянный потолок исчез, и она увидела открытое небо. По залу летали птицы, и вдруг в конце комнаты появилась дама.

Она была одета как ангел. И ее кожа сияла, как солнце. Она говорила с любовью и манила их к себе.

Лиза с любопытством двинулась в ее сторону, и тут это произошло. На плечах женщины появились стеклянные крылья, а затем свет погас. Она сверкнула впереди, взмыла в небо и исчезла.

- Что вы чувствовали? - спросил я. - Спросил Кристофф.

Но она не ответила.

- Это Ангел Шайры. Это было сделано Джерико для его жены. Она Шайра, и этот город ” ее наследие.

” Но как это произошло? ошеломленно спросила она.

- Боюсь, этого я не могу объяснить. Это то, чего никто никогда не сможет добиться. Некоторые говорят, что это оптическая иллюзия, но независимо от того, сколько раз я это видел, я не могу в этом разобраться. Скорее, я еще больше убедился в том, что оно существует.”

- Но небо.

“ Это. Деревянный потолок - подделка. Он сделан из стекла. Когда я сказал Изену, чтобы он сверкал, я имел в виду направить свет именно на это. Снаружи это выглядит как дерево, но на самом деле это стекло.”

“ Птицы. Ангел улетел, я сам это видел.

Именно тогда Изен появился из темноты и сказал: "Это галлюциногены. Ангел был инициирован этим домом, когда появился настоящий потолок."

"Ну, вот и все", - сказал Кристофф. - Ты можешь прогуляться и посмотреть другие вещи, но главное шоу только что закончилось.

"Может быть, все и закончилось, но я бы с удовольствием сфотографировала все это", - вздохнула она.

"Знаешь, твой разум - это величайшее полотно, которое дал Бог, и каждый раз, когда ты видишь что-то новое, оно таинственным образом окрашивается".

Это его замечание вырвало у нее редкое слово.

"Вау", - ответила она, но на мгновение остановилась.

- Ого, что? - с любопытством спросил он.

"Нет", - улыбнулась она и сказала: "Просто я никогда не думала, что такой... нелепый растяпа, как ты, может говорить как философ", - поддразнила она.

"Это должно было его немного задеть", - подумала она, но вместо этого он нанес ответный удар.

- Знаешь, так мы называем людей, которые философствуют над нелепыми вещами, как неумехи.

- Нет... - ответила она, с любопытством ожидая ответа.

Вместо этого он просто открыл дверь и ушел. Она тоже последовала за ним, и то, что произошло дальше, было просто уморительно.

"Каков же ответ?" - крикнула она ему.

- Репортер, - усмехнулся он в ответ и продолжил свой путь.

- Ты дурак... - ответила она, дрожа всем телом, но он не собирался останавливаться, а она не собиралась успокаиваться.

"Что я могу сделать, чтобы заставить его остановиться?" - размышляла она некоторое время.

В этот момент в ее голове словно зажглась лампочка, и глаза заблестели, как у ребенка.

А потом она окликнула его: "Кристофф..."

- И что теперь? - спросил он. Не успел он повернуться к ней лицом, как она запустила снежком прямо в него.

И - *бах!* Это ударило его по лицу, и он задрожал от боли, а она расхохоталась от всего сердца.

- И кто теперь растяпа? " спросила она, поддразнивая.

Однако в ответ он поприветствовал ее ее же собственным приемом.

Собрав вокруг себя снег, он бросился к ней, готовя свои снежки к атаке.

Она, напротив, была удивлена его быстротой и забегала в поисках укрытия.

Обернувшись, она посмотрела назад и "Фух". Над ее головой пролетел снежок.

"Не могу даже попасть в цель", - крикнула она ему, все еще уклоняясь.

Эта погоня в кошки-мышки продолжалась еще некоторое время, пока ей наконец не удалось оторваться от него и спрятаться за фургоном.

Через несколько минут Кристофф выбежал из-за угла, но никого поблизости не обнаружил. Он обошел вокруг, осматривая местность, но в конце концов сдался и направился в сторону Эль-Пасио.

"Ей повезло", - пробормотал он доверчивой лошади, пока она стояла сзади. Затем он отвернулся от нее и стал смотреть в сторону дома, пытаясь отдышаться.

Именно тогда она нашла возможность прокрасться вокруг лошади на цыпочках.

Она была всего в футе от него и как раз собиралась запустить снежком ему в голову, когда внезапно теплое дыхание коснулось ее уха, и кто-то легонько толкнул ее в спину. Она почувствовала, как по шее поползли мурашки, и внезапно вскрикнула, прежде чем окончательно потерять равновесие.

Кристофф обернулся, и в эту долю секунды она налетела на него.

Там она приземлилась на него сверху, и ее лицо соприкоснулось с его лицом. Он вскрикнул от боли, как и положено, когда кто-то бьет тебя локтем в живот. В этот момент их взгляды встретились, и его сердцебиение совпало с ее сердцебиением. Она нервничала всем телом, и когда она откинула голову назад, ее локоны запутались в его лице. Она попыталась встать, но ее снова толкнули вперед. И вот она снова упала, но на этот раз, крепко сжав губы, в конце концов поцеловала его в губы.

Он, должно быть, закричал бы от боли, если бы у него была такая возможность, потому что его челюсти, должно быть, действительно болели так же, как и у нее. Но когда все это произошло, они оба оказались лежащими на снегу в этой неловкой ситуации, которая только усугублялась Эль Пасио, который стоял над ними и гладил ее по волосам своей мордочкой.

Когда она лежала на Кристоффе, ничего не подозревая об этом факте, он толкнул ее в бок, и она сильно ударилась лицом.

- Оооо... так здесь так холодно, - заметила она с ледяной болью.

Тем временем Кристофф шлепнул выглядывающую лошадь справа, сказав: “Ты извращенная лошадь...Ты даже не можешь справиться с запахом леди”.

Но, как и подобает настоящему извращенцу, лошадь не отреагировала. Вместо этого он обратил все свое внимание на нее, поглаживая ее по рукам.

“Кристофф...” - кротко произнесла она.

- Я же просил тебя не давать ему повода для беспокойства. Но нет... ты не хотела слушать, - сказал он, вставая.

- Подожди здесь, я схожу за Изеном, - сказал он и пошел прочь.

“Нет... не оставляй меня в таком состоянии...” - крикнула она в ответ, прежде чем лошадь погладила ее по морде.

“С этой извращенной лошадью ты будешь в большей безопасности, чем с ищейкой”, - ответил он, прежде чем уйти.

Прошло мгновение или два, прежде чем на сцену вышел Изен и увел лошадь.

Кристофф протянул руку; как только она ухватилась за нее, он поднял ее на ноги.

“Он действительно... извращенное животное”, - ошеломленно произнесла она.

- Он что-нибудь натворил? поддразнил он.

- Очевидно, что нет, - надменно ответила она.

“ Боже мой. Он ничего такого не сделал... - пошутил он. - Я думал, что ваши духи Channel окажутся для него неотразимыми. Черт возьми, этот конь порядочнее любого человека, которого я знаю.

- Очень забавно, - сказала она, забираясь в карету.

Эффект Мартини

” Куда мы теперь направляемся? - Спросила Лиза Кристоффа, когда они оставили позади Иерихонский сад.

- Ты не проголодался? - спросил я. он спросил.

- Да, я умираю с голоду. Итак, мы идем куда-нибудь перекусить?”

“ Ага. Это гостиница. Расположенный совсем недалеко отсюда.”

” Как это называется? с любопытством спросила она.

“Ты узнаешь, когда мы доберемся туда”, - сказал он с загадочной улыбкой.

Таким образом, их маленькое приключение распространилось на более широкие сферы, и, пока они разговаривали, Лизу всегда беспокоила одна вещь. Это крутилось где-то на задворках ее сознания, пока, наконец, она не высказала это вслух.

“Кристофф...” - неуверенно произнесла она.

- Да... - сказал он, поворачиваясь к ней.

Однако она не смогла выдавить из себя этих слов. Может быть, она чувствовала себя немного смущенной. Но именно тогда он ей и помог.

- Если это из-за того поцелуя, то забудь об этом. Это был просто несчастный случай, ” небрежно сказал он.

Его замечание немного успокоило ее, и она уверенно ответила: “Ты прав... Кроме того, я бы никогда в тебя не влюбился.

"но... ты упадешь на меня, - шутливо сказал он.

“привет... это был несчастный случай... У меня нет к тебе никаких чувств, ” парировала она.

- Я тоже. Но один вопрос. Ты накрасила губы сегодня? он спросил.

“Да, я это сделал, а что?”

“Потому что сейчас у меня во рту вкус клубники”, - сказал он, улыбаясь.

Это замечание вызвало у Лизы редкое чувство. Это принесло ей странное счастье, и она не смогла сдержать улыбки.

- Улыбайся изо всех сил, потому что этого больше никогда не повторится, - сказала она ему и отвернулась к окну.

“Я знаю, - ответил он, “ давай двигаться дальше”.

Они проехали по мосту, миновали заснеженные луга, обсаженные тисовыми деревьями, и остановились.

Кристофф спустился вниз, и Лиза последовала за ним по пятам. Когда они стояли на узкой дороге, слева от них раскинулся густой лес, а справа - маленькая, убогая на вид гостиница.

- Это то самое место? - спросила она.

- Ага, - улыбнулся он.

Когда они приблизились к дому, пересекая выложенную камнем дорожку, показался дорожный указатель.

“Трактир ”Ромовый пот"", - прочла Лиза вслух буквы, когда Изен уже вошел.

“Ага, вот где вы найдете всех пьяниц Шайры”, - сказал Кристофф.

” Подождите, - сказала она, останавливаясь, - я не пойду внутрь.

"почему?”

- Почему, спросите вы. Зачем мне идти в место, где воняет алкоголем и полно пьяных мужчин?”

“Хорошо, тогда оставайся здесь...” - сказал он, уходя.

- Да, я так и сделаю, - непреклонно ответила она.

- ...И... жди голодных волков, которые придут сюда в поисках еды. Держу пари, они не могут устоять перед клубникой, ” сказал он серьезным тоном.

Прежде чем она успела ответить, завывающий крик разнесся по округе и наполнил воздух мрачной печалью.

В тот момент, когда она услышала это, Лиза бросилась вперед, в сторону Кристоффа.

“Если подумать, пьяницы не такие уж плохие люди”, - ответила она.

- Лгунья, - сказал он ей.

Они стояли на деревянном крыльце и смотрели в открытую дверь на разворачивающееся перед ними зрелище.

Двое мужчин были вовлечены в драку и выясняли отношения. За стойкой делались ставки, и высоко летали кувшины с пивом.

“Она принадлежит мне”, - сказал негодяй.

“Нет... Она моя”, - ответил другой.

И - бац! - они очень вежливо пожали друг другу руки и стукнули друг друга. Толпа приветствовала их, и когда Лиза и Кристофф уже собирались войти, все замолчали, уставившись на них.

Хулиганы остановились на полпути, придерживая свои неопрятные воротнички, в то время как люди остановились на полпути, когда пили.

“Что происходит? Почему они так пристально смотрят на нас? - Прошептала Лиза на ухо Кристоффу.

- Они не смотрят на нас. Они смотрят на тебя, ” ответил он.

- Я? ” воскликнула она.

- Да, вы вторая леди, которую эти любители рома видели в своей жизни.

- Второй? Интересно, кто первый... - Она хихикнула, но остановилась на полпути.

К ним приближалась поразительно красивая женщина, одетая в красное. Она была, мягко говоря, светловолосой, и ее локоны украшали ее прекрасное лицо мерцающими каскадами локонов. На ней было платье, и Лиза никогда в жизни не видела никого более похотливого и в то же время элегантного.

- Мальчики, прекратите драку, - приказала она, и все подчинились.

Затем она встала перед ними и посмотрела на Кристоффа. Она посмотрела на Лизу своими сногсшибательными зелеными глазами: "Кто это?" - спросила она своим очаровательным голосом.

"Она моя подруга".

" Друг, - сказала она с блеском в глазах, - могу я узнать, что привело тебя сюда?

"Я слышал, что сегодня вы раздавали бесплатные напитки", - уверенно сказал он.

- Свободен? Когда ты успел стать пьяницей?

- Только сегодня.... А теперь, Изабель, давай закончим брачные переговоры, " сказал он приветливо и с улыбкой.

Выражение лица дамы внезапно стало дружелюбным, она взяла их обоих за руки и повела внутрь.

"Бесплатные напитки для всех", - громко крикнула она, и в зале раздался рев.

Войдя, Лиза поняла, что гостиница оказалась намного больше, чем она ожидала. Как по названию, так и по размеру. Он лежал на линолеуме, а деревянная лестница, ведущая на второй этаж, была отделана перилами из тикового дерева. Стены были оштукатурены в красный цвет, а приглушенный свет придавал гостинице очарование, которое только усиливалось приятной, медленной музыкой, которая звучала как серенада и создавала спокойную атмосферу.

Люди, как мужчины, так и женщины, прекрасно проводили время за своими столиками, разговаривая, смеясь и улыбаясь. Они не пили. Вместо этого они ели хорошо приготовленную еду и слушали хорошую музыку.

"Я думала, вы сказали, что это место для пьяниц", - сказала Лиза Кристоффу, когда дама повела их наверх.

- Ну, это так, но не все. Только часть первого этажа соответствует этим критериям. Ты знаешь, что означает "кувшин рома"? - спросил он.

“Это означает алкоголь, но в переносном смысле, я думаю, это означает друзей... хороших друзей”, - сказала она после недолгого размышления.

“ Ага. Эта гостиница принадлежит Изабель Фостер, леди, которую вы видите идущей впереди нас.”

- Она ваша подруга? - спросил я. - Спросила Лиза, когда они шли по большому коридору, прежде чем свернуть в переулок.

- Продолжайте следовать за мной, - сказала дама, поворачиваясь к ним.

- Да, это так. И она единственная, кто следит за порядком в этой гостинице, - тихо прошептал Кристофф.

- Ого, такая красивая леди, как она, может справиться с такими головорезами. Но как?” - С любопытством спросила Лиза.

- Не зацикливайся на ее внешности. Я знаю, что она горячая штучка. Но не в этом смысле. Когда мы были детьми, она обычно избивала любого, кто издевался над нами....”

Но прежде чем он успел заговорить дальше, открылась дверь, и они оказались в огромном зале.

Перед ними, в самом дальнем конце зала, возвышался подиум, на котором группа играла романтическую оптимистичную мелодию. Чуть впереди сцены была большая платформа, на которой можно было видеть людей, танцующих вальс в едином ритме. Потолок был украшен несколькими тусклыми лампочками, которые перекрещивались друг с другом, образуя стремительный узор. Посмотрев в их сторону, они заметили людей, сидевших за круглым столом в белых халатах и наслаждавшихся трапезой.

- Добро пожаловать на Бульвар, - сказала Изабель.

“Это...” Лиза на мгновение разинула рот от изумления, а потом сказала: “Прекрасно!”

Затем она проводила их к их местам и исчезла в боковой двери, оставив их вдвоем.

"хорошо...Судя по внешнему виду, я никогда не думала, что эта гостиница настолько очаровательна", - сказала Лиза Кристоффу.

"хорошо...таков был наш план, когда мы впервые заложили его в основу".

“Подожди... Ты построил это место”, - удивленно спросила она.

- Да, Айзен, Изабель и я. Мы втроем. Мы друзья детства. Когда мы впервые приехали сюда, в Шайре не было ни нормального ресторана, ни питейного заведения. Вот тогда-то мы и решили построить это место. Как видите, гостиница ”Ром-Пот" названа в честь нас троих друзей."

- Но почему такая простая внешность?

- Чтобы не привлекать ненужного внимания. Если вы живете в городе, то вам следует это знать. Место так же прекрасно, как и то, что оно не коммерциализировано”.

“Это правда”, - ответила она.

Через несколько минут на сцену вышла Изабель и тоже присоединилась к ним. Еда была подана, и ее аура казалась восхитительной и аппетитной.

- Знаешь, мне интересно, где сейчас сидит Изен. Он вошел первым, не так ли? - Спросила Лиза.

- Ром “ его самый близкий друг. Он не спустится вниз и не поднимется сюда, - сказала Изабель, улыбаясь.

“Да”, - Кристофф кивнул головой в знак согласия.

- Итак, Лиза... ты репортер? - Спросила Изабель.

“Да...”

- Вам удалось заснять этих птиц? - спросил я.

“ Нет... Но Кристофф сказал, что поможет мне увидеть их.”

- Помоги, и он. Правда, Кристофф? - спросила она, пристально глядя на него.

Он же, напротив, был поглощен едой. А когда он поднял глаза, то увидел, что приготовленная лапша-спагетти свисает у него изо рта.

Они оба рассмеялись над этим, прежде чем он собрал остатки и невинно спросил: "Что случилось?"

- Ничего, но как у тебя дела? спросила Изабель.

"Прекрасно, как всегда..." - ответил он.

"отлично. Четыре года, Кристофф, и все в порядке... - серьезно спросила она.

Это замечание заинтриговало Лизу, и она внимательно прислушалась к их разговору.

- Не начинай сейчас, Изабель, - сказал он, продолжая есть.

- Ты не можешь продолжать в том же духе...

" Я могу, кроме того, - сказал он, меняя тему, - ты приготовила еду?

Услышав это, Изабель печально вздохнула и ответила: "Да! Разве это не вкусно?"

"Нет... Я думал, что после стольких лет ты действительно стал лучше. Но это все равно... - он намеренно сделал паузу.

- Все еще что? - надменно спросила она.

- Все так же хорошо, и я рад, что ты не изменилась, - сказал он, глядя на нее.

- Ты тоже, - сказала она, улыбаясь.

В тот момент, когда эти двое посмотрели друг на друга, Лиза заметила, что между ними возникло какое-то притяжение. Однако это было односторонним решением.

После этого Кристофф оставил их в туалете, а они продолжили свой разговор.

- Он тебе нравится, - спросила Лиза Изабель.

- Да... но только как близкий друг.

- Итак, о чем вы говорили раньше? - спросил я.

- Ничего, это просто прошлое, - она попыталась уйти от темы, и Лиза тоже поняла.

Через минуту музыка смолкла, и свет погас. Затем, внезапно, свет софитов упал на подиум, и на сцену вышла пара.

"Дамы и господа, - сказали они в унисон, - мы просим вас всех встать и пройти в двери, которые вам укажет наш ассистент. Там вам выдадут по платью, и, пожалуйста, наденьте это. Это для мероприятия, которое мы организуем. И это скоро начнется".

Все, кто услышал это, были немного сбиты с толку. Но именно в этот момент Изабель встала со своего места и, взяв микрофон, объявила: "Все, пожалуйста, проходите через свои двери".

В следующий момент Лиза увидела, что люди покидают зал, и в этот момент из зала убирали столы.

"Зачем все это?" - спросила она ее.

"Сегодня особенный день", - сказала она, улыбаясь Лизе и беря ее за руку, ведя через дверь в маленькую комнату.

- Подожди, - сказала Лиза, останавливаясь, - из"за чего весь этот переполох?

Но она не ответила. Вместо этого она протянула Лизе сумку.

- Что в этом? - спросил я. - Спросила Лиза.

- Открой это и надень, - сказала она бодрым голосом.

Открыв ее, Лиза вскрикнула от изумления.

Перед ее глазами стояло красивое белое платье. Оно было с длинными рукавами и шелковистым на ощупь. Легкое и раскрашенное, как у голубя, оно ниспадало каскадом с высокой спинкой. Подводя итог всему этому, можно сказать, что это было восхитительно.

- Надень это, - повторила Изабель.

Лиза сделала, как она просила, и через пять минут они с Изабель стояли перед зеркалом, заплетая волосы в косы и локоны.

- Как я выгляжу? - спросил я. - спросила ее Лиза.

- Прекрасно, - сказала она, улыбаясь, - но подождите, чего-то не хватает. А, вот и оно."

Она подарила Лизе пару потрясающих босоножек в тон и сказала: "Идеально. Давайте выдвигаться".

Когда Лиза открыла дверь и вышла, ее встретила прозрачная темнота. Она прошла немного вперед, но именно тогда все и произошло.

Внезапно свет упал на ее лицо, и когда она посмотрела в его направлении, в коридоре раздался голос, произнесший это вслух,

- Леди и джентльмены, пожалуйста, поприветствуйте нас... Мисс Лизанна Спаркс."

В этот момент включились все огни, ослепив ее, и она увидела очертания людей, смотревших на нее и говоривших в унисон: "С днем рождения, Лизанна".

Именно тогда ее взгляд упал на сцену, и она увидела Кристоффа, все еще одетого в свою обычную одежду, улыбающегося ей.

Изабель вышла из-за кулис и, взяв Лизу за руку, повела ее к подиуму.

- Пойдем со мной, - прошептала она.

Когда Лиза направилась к сцене, была постелена красная дорожка и играла приветственная музыка. Наконец, поднявшись по ступенькам и встав перед микрофоном, она глубоко вздохнула и сказала,

«Спасибо. Спасибо вам всем».

Затем Кристофф подошел к ней и, взяв микрофон, объявил: "Итак, ребята... да начнется вечеринка".

Как только было сделано это объявление, под сводами зала зазвучала зажигательная музыка. Весь свет снова погас, и люди вокруг начали танцевать.

- Как ты узнал об этом? - Тихо спросила Лиза.

- Твоя мать звонила сегодня утром, пока ты спала. И поскольку у вас есть привычка записывать входящие звонки на свой мобильный телефон, я просто случайно услышал один из них", - сказал Кристофф.

- И просто чтобы ты знал, это бабушка все спланировала. Только не я.

"...И все же спасибо тебе", - сказала Лиза Кристоффу.

Пока они разговаривали, Изабель поднялась на сцену и спросила: "О чем вы двое разговариваете? Спустись туда и потанцуй".

"Ну, я не думаю, что смогу танцевать в этом платье", - ответила Лиза.

При этих словах она понимающе посмотрела на Кристоффа, и он ответил: "Да ладно... не смотри на меня. Ты сделаешь это."

"Нет, если ты этого не сделаешь, я позвоню Мэри..." - сказала она серьезным голосом.

"Хорошо, не нужно использовать ее каждый раз..." - сказал он со вздохом.

После этого Изабель отошла на несколько шагов от Лизы и озадаченно спросила ее: "Что случилось?"

Но в этот момент Кристофф чиркнул зажигалкой и направил пламя на белое платье, которое свисало на пол.

Лиза вскрикнула от удивления, когда ее платье загорелось. Это, в свою очередь, привлекло внимание толпы, и они озадаченно посмотрели на нее.

Нет... она не горела. Вместо этого, точно так же, как вы поджигаете бумагу в одном углу, и она медленно сгорает в пламени, ее белое платье сгорело дотла, когда пламя медленно подбиралось к ее ноге. Портьер, которые когда-то лежали на полу, больше не осталось.

Пока пламя охватывало ее ноги, ее белое платье начало краснеть и продолжало гореть, но на этот раз оно было в виде узора. Начавшись от ее ступни, над большим пальцем левой ноги, пламя закружилось в определенном направлении и продолжало двигаться наискось по спирали, пока не достигло нескольких дюймов над ее правым коленом. После этого он завернулся назад, скользнул вверх по ее плечу и обнажил верхнюю часть спины, обнажив лопатку. Затем он изогнулся дугой к ее шее и спустился по рукам, прожигая все рукава. Наконец, когда ее платье снизу окрасилось в красный цвет, тлеющее пламя охватило ее грудь дугой, все это время превращая платье в потрясающую красную косую юбку, пока, наконец, не погасло у нее на шее, где висел медальон.

“Voila....It готово”, - сказал Кристофф, и все захлопали в ладоши в знак аплодисментов.

Белое платье Лизы в мгновение ока превратилось в яркую красную юбку с косой линией, без рукавов и с глубоким вырезом сзади. С закрученными в спираль коленями ее ноги были выставлены на всеобщее обозрение, в то время как она стояла там, ничего не подозревая.

Изабель подошла к Лизе и прошептала ей на ухо: “Нервничаешь?”

- Да, как я выгляжу? - спросил я. - спросила ее Лиза.

- Потрясающе горяч и готов убить, - сказала она с улыбкой.

Затем Кристофф взял микрофон и велел музыкантам сыграть оптимистичную и зажигательную венецианскую мелодию.

Затем он подошел к Лизе и, протянув руку, спросил: “Хотите потанцевать, мисс Спаркс?”

- ...Да... - тихо произнесла она, принимая его руку.

Там они спустились по лестнице и направились на танцпол, в то время как все продолжали пялиться на них.

“Мне это не нравится. Они смотрят на нас, - сказала Лиза Кристоффу, когда он обнял ее за талию, и они пошли быстрым шагом.

- Только не мы. Но ты, - сказал он, прежде чем резко отстранить ее от себя и притянуть к себе.

Она вернулась в его объятия, не понимая, что он имеет в виду. Затем, взяв ее за левую руку, а правой обняв за талию, он повернулся к ней и быстро бросил: “Ты прекрасно выглядишь”.

- Неужели? ” с сомнением спросила она. Но вместо ответа он наклонил ее к полу так, что ее правая нога повисла в воздухе.

Затем он наклонился к ней так, что между ними осталось несколько дюймов, и застыл, глядя ей в глаза.

Пока он держал ее в этом трансовом обмороке, все начали смотреть на них. Однако ему было все равно. Он просто продолжал смотреть на нее.

“Кристофф.... верни меня назад....” - Поспешно прошептала Лиза. Он не ответил.

- Кристофф, ты слышишь меня... - Но прежде чем она успела закончить фразу, он внезапно притянул ее к себе. Затем, обхватив ее за талию, он подбросил ее в воздух.

Она слегка вскрикнула, когда оказалась в воздухе. Затем, спускаясь, она закрыла глаза, и музыка внезапно оборвалась.

Секунду спустя, когда она открыла их, то увидела красные и белые воздушные шары, разлетевшиеся по всему залу. Затем она перевела взгляд вперед и заметила, что Кристофф крепко держит ее, обхватив руками за талию.

- Пора резать торт, - сказал он и опустил ее на пол.

- Спасибо, - ответила она, и ее щеки порозовели.

- Не за что, - сказал он и оставил ее в окружавшей толпе с тортом в центре.

- Впервые после Тиса я вижу на твоем лице искреннюю улыбку, - сказала Изабель, когда они завернули за угол.

“Да, она права, Кристофф”, - сказал Изен, который только что присоединился к разговору.

- Может, ты и прав... Но, тем не менее, это ничего не меняет”, - сказал он им.

- Ничего, да? Это слово говорит само за себя, - ответила она.

Был разрезан торт и исполнены песни. Бульвар охватили пыл и энтузиазм, и когда все это наконец закончилось, им пришло время покидать гостиницу "Ромпот".

- Спасибо вам за гостеприимство, - сказала Лиза Изабель.

- Всегда пожалуйста, Лиза, - ответила она.

“Насколько мы правы?” - пошутил Кристофф.

- Да, но это относится только к Изену... А что касается тебя, то не показывай мне своего лица, пока не найдешь себе вторую половинку, - шутливо сказала она.

- Если я это сделаю, тогда... - сказал он, поддразнивая.

- Тогда... Я сотру эту улыбку с твоего красивого лица.

“Вау, это очень утешительно”, - ответил Кристофф, прежде чем попрощаться.

Замерзший водопад

Пока они ехали в карете, прошло несколько минут, прежде чем она засыпала Кристоффа всеми своими любопытными вопросами, и он терпеливо отвечал на них.

"Так как же получилось, что красное платье, которое на мне надето, было создано из пламени, которое ты зажег?" - спросила она.

- Это называется эффектом Мартини...То белое платье, которое подарила тебе Изабель, было сшито из двух слоев. Внутренней была красная юбка с косой линией, которая сейчас на вас, а внешняя была сделана из яркой бумаги. Они не обычные, а сделаны из шелковой бумаги. Тогда, когда я зажигал пламя, я воздействовал им только на внешний слой. Когда оно достигло точки воспламенения, оно растворилось в воздухе, обнажив настоящее платье", - объяснил Кристофф.

- Ого, это гениально. Но что бы произошло, если бы вы направили пламя на внутренний слой? " спросила она.

"я не знаю. Но эффект был бы тот же. Я имею в виду, что если бы что-то пошло не так, то вы бы все равно подожгли сцену, хотя и в буквальном смысле", - ответил он.

«Что? Я могла обжечься... - удивленно спросила она.

"Нет. Я принял меры предосторожности, " заверил он.

- Меры предосторожности?

"Да, у меня наготове был огнетушитель возле сцены", - пошутил он.

- Очень смешно. Тебе повезло, что все прошло хорошо, - сурово ответила она.

- Да, действительно, повезло.

- Итак, мы возвращаемся домой к Мэри? - спросила она, меняя тему.

“ Нет. Есть еще кое-что, что ты должен увидеть, - взволнованно сказал Кристофф.

- Что это? - спросила она.

- Замерзший водопад, - сказал он.

Был поздний вечер, почти ночь, когда их путешествие достигло своей завершающей стадии. Изен провез их через альпийские скалы, покрытые какой-то таинственной резьбой, а затем проехал на них довольно приличное расстояние по озеру Шайра, прежде чем остановиться.

Когда они спустились, она была так очарована водопадом, что забыла свою куртку в карете и поспешно вышла из дома в этом легком красном платье в холодную погоду.

Она чувствовала, что не будет преувеличением сказать, что Водопад был самым выдающимся местом на Земле. Он возвышался очень высоко, легко превосходя самые высокие башни в мире. Когда кто-то смотрел на него, то видел замерзшие струйки воды, образующие заостренные шипы. Но его величие заключалось в полярных сияниях, которые танцевали над ним. Их отражения падали на этот водопад, и он переливался всеми цветами радуги.

- Это великолепно, - сказала она.

“Что ж, давай, прикоснись к замерзшему водопаду”, - сказал Кристофф.

Как только она это сделала, то поняла кое-что странное.

“Он теплый, - сказала она, - И подождите, я вижу в нем ракушки”.

- Это те Хуанко, которые не смогли вылупиться. Природа устроена странным образом. Эти снаряды не пропадают даром. Скорее, они затвердевают, как магма, и образуют драгоценные камни. Они, в свою очередь, регулируют температуру замерзшего водопада и озера Шайра, помогая другим выводкам вылупляться”, - объяснил Кристофф.

Лиза некоторое время стояла на берегу замерзшей реки, пока Кристофф и Айсен разговаривали возле фургона. Так прошло около получаса, пока она любовалась творением природы. Однако было уже поздно, и она неохотно собралась уходить.

Но именно в этот момент земля содрогнулась, и лед треснул. Лиза услышала ржание лошади и увидела, что острые шипы падают вниз. Она немедленно побежала, но это оказалось тщетным. Ее нога соскользнула, и она с грохотом упала на лед. Она сломалась, и теперь уже активный водопад потащил ее вниз по течению.

Она вскрикнула, когда лед, на котором она стояла, проломился, и она упала в ледяную воду. Ее несло вниз по склону сильным течением, и она направлялась к обрыву. Лиза ударилась головой о ледяную глыбу и потеряла сознание.

***

- Что это было? - спросил Изен.

"Землетрясение", - в ужасе воскликнул Кристофф.

- О нет! - воскликнул я. - Сказал Изен, поворачиваясь. Но нельзя было терять ни минуты.

Кристофф выпряг лошадь из экипажа и ускакал.

"Изен, следуй за мной, если сможешь", - крикнул он.

- Да, продолжайте, - серьезно сказал Изен.

Банк не простаивал из-за гололеда, когда можно было погонять лошадь. Но Эль Пасио держался молодцом.

Рядом с ним река неслась вперед с огромной скоростью, и крик Лизы наполнил его уши.

Но что его напугало, так это последовавшая за этим тишина.

- Давай, парень, быстрее, " скомандовал он.

Некоторое время он не мог ее разглядеть, но потом заметил мельком. Она была без чувств и летела прямо к обрыву.

У него не было никакой веревки, чтобы удержаться, так что оставался только один выход. Берег был очень широким, но Лиза была ближе к его концу. Ему пришлось подпрыгнуть, чтобы добраться до нее.

Пока лошадь бежала так быстро, как только могла, он стоял на ней, слегка согнув левую ногу в колене, а правое колено касалось груди. Затем он выждал время для прыжка.

"Сейчас", - сказал он себе и прыгнул прямо в бурлящую воду и пену.

" Лиза. Лиза, - сказал он, схватив ее за руку и притягивая к себе. Но ответа не последовало.

Теперь оставалась только одна маленькая неприятность. - И что теперь? А вот и утес."

Река продолжала гнать их вперед, и, черт возьми, было холодно. Он попытался переплыть реку, но безуспешно.

Казалось, все надежды угасли. Они продолжали дрейфовать и теперь были всего в минуте ходьбы от обрыва.

Но он увидел каменную глыбу, выступающую прямо перед краем. Он поплыл по течению и изо всех сил ухватился локтем за камень. Он предположил, что они простояли так под струями воды минут пять или около того. Но силы у него были на исходе. Его пальцы ослабли, как и локоть.

Из смертоносного шипения реки донесся знакомый голос: "Вот, возьми это", - крикнул Изен, бросая ему веревку. Черт возьми, если кому-нибудь на земле не повезло больше, просто спросите его, испытывал ли он когда-нибудь подобное. Веревка упала в нескольких дюймах от него.

Он отпустил камень и бросился вперед, но его мокрые руки соскользнули, и Лиза чуть не упала.

- Нет! " воскликнул он и, ухватившись левой рукой за веревку, попытался схватить ее.

Он поймал ее за пальцы, переплел их со своими и прижал к себе, когда Изен попытался отстраниться.

Изен вытащил их, как громадину, из реки в безопасное место на берегу. Теперь они были уже вне реки, но им грозила непосредственная опасность. У Лизы была разбита голова, она истекала кровью, и в довершение всего у нее было очевидное переохлаждение. Единственной хорошей вещью было то, что она не утонула.

Собственное тело Кристоффа не выдерживало холода, и он едва мог ходить.

- Изен, - прошептал он, - возьми лошадь и поскачи на ней через лес прямо к бабушкиному дому. Там Триша, она тебе поможет.

- А как насчет тебя? - спросил я. - спросил Изен.

- Разве ты не видишь, что карета не может проехать по лесу, - сказал Кристофф, повысив голос. - Время не ждет, мой друг. А теперь уходи. Со мной все будет в порядке.

Его голос никогда не был громче и яснее. Изен соскочил с лошади и поспешно ускакал вместе с Лизой.

Тем временем Кристофф попытался подойти к карете. Но это не сработало. Он просто споткнулся и упал.

Лежа ничком под падающим снегом, он чувствовал, как иссякают его жизненные силы. Он думал, что это был гораздо лучший отдых, чем он когда-либо мог себе представить. С этими словами он наконец закрыл глаза.

***

- Да ладно тебе, Пасио. Беги быстрее, " скомандовал Изен.

Они пересекли лес и теперь были на главной дороге. Адреналин в крови Айзена был на пределе. Кто бы мог подумать, что такой прекрасный день превратится в кошмар?

На карту были поставлены две жизни – одна принадлежала Лизе, а другая Кристоффу, и Айсен мог спасти только одну. Его работа состояла в том, чтобы доставить ее в безопасное место, но расставаться с другом было еще никогда так больно, как сейчас. Он просто надеялся, что Кристофф продержится до его возвращения. Но с каждой секундой его надежды таяли.

Они пересекали проселочные дороги, переулки и покрытые инеем поля и продолжали ехать, пока Изен не увидел вдали дом Мэри. Они подъехали к ее двери на огромной скорости. Лошади пришлось немного остановиться, но в целом она держалась молодцом. Отстранив Лизу, Изен поспешно постучал в дверь.

- Изен... Лиза, - в ужасе произнесла Мэри, глядя на кровь, текущую из головы Лизы.

Изен завел ее в дом и познакомил с Тришей, которая немедленно занялась ею.

"Где Кристофф?" - обеспокоенно спросила Мэри.

- Он на Замерзшем водопаде. Он прыгнул в реку, чтобы спасти ее...Я объясню позже, но мне нужно идти..." - и Айсен опрометью бросился прочь на своем коне.

"Держись, приятель", - взмолился он и поскакал к Водопаду.

- С ней все будет в порядке? - задумчиво спросила Мэри.

- Да, я промою и перевяжу ее рану. Ей нужно тепло. В противном случае переохлаждение очевидно и для бабушки", - сказала Триша.

"Да..."

- Вскипяти немного воды. Я насыплю это в мешочек и положу поверх ее одеяла. На данный момент этого должно хватить."

Мэри сделала, как велела Триша, и теперь Лиза лежала на диване без сознания.

- Я больше беспокоюсь о Кристоффе, бабушка, - сказала Триша. - Он прыгнул в ледяную воду и сейчас лежит где-то недалеко от водопада. И время, которое потребовалось Изену, чтобы добраться сюда, могло оказаться фатальным.

- Я ценю ваш совет как врача. Но не беспокойтесь о нем, я верю, что он вернется целым и невредимым, - успокаивающе сказала Мэри, хотя и знала, что Кристофф подвергался риску.

Столпотворение

“Уже сдаешься?” - прошептал чей-то голос Кристоффу.

“Хосс[2]”, - ответил Кристофф.

“Да, Кристофф. Вставай.”

- Я не могу.

"почему?”

“Я не знаю”.

"я знаю. Это из-за чувства вины, не так ли?

"да."

- Ну, человек, который готов умереть, спасая любимого человека, невиновен.

- Нет, это случилось из-за меня.

- Останови это здесь. Ты ведь любишь ее, не так ли?

"да."

- Тогда живи ради нее. Никогда не сдавайся, - произнес голос и исчез.

Кристофф медленно открыл глаза. Он был замерзшим и слабым. Он попытался встать, но его тело не слушалось. Однако этот голос заставил его осознать, что на нем лежит ответственность. Он не мог умереть, пока еще нет.

Таким образом, он уперся руками в снег. Но он упал ничком.

“Попробуй еще раз”, - уговаривал он себя.

Он медленно поднялся, но онемевшие ноги повалили его на пол.

“Попробуй, попробуй еще раз”, - кричал он в агонии, заставляя себя подняться.

---

[2] Хоссе – произносится как “Хо-сэй”.

Он немного подался вперед и тяжело упал. Эта борьба была нелегкой. Он попытался, но потерпел неудачу. И снова он попытался, но потерпел неудачу. Но он не сдавался. Наконец, после долгой борьбы со своим телом, он встал и направился к тому месту, где была припаркована карета.

Там он сел на подножку экипажа и тяжело задышал. Холодное оконное стекло запотело. Он вытер капли и мельком увидел куртку.

"Это принадлежит Лизе", - сказал он себе, обшаривая ее карманы в поисках чего-нибудь, что могло бы ему помочь.

Именно тогда он схватил необычного вида иглу.

У него было изолированное деревянное основание с кнопкой. Его концы были заострены, а на деревянной крышке мелкими буквами было написано: "Не колоть".

Его зрение снова начало затуманиваться. Он должен был сделать выбор. Он мог дождаться возвращения Изена, до которого, по всей вероятности, тот был бы мертв, или воспользоваться этой штукой.

Ему потребовалось некоторое время, чтобы обдумать это, но потом он принял решение. Он нажал на кнопку и, удерживая ее нажатой, ударил себя ножом в грудь. Внезапно ему в ухо донесся звенящий звук, и он почувствовал покалывание во всем теле. Боль так и не утихла, но прежде чем он осознал это, он заснул.

***

На душе у Лизы было тяжело, и она почти ничего не видела. Однако она помнила, как упала в реку. Она попыталась пошевелить рукой, но в ответ шевельнулись только пальцы.

- Ты проснулся, - произнес знакомый голос. - Не разговаривай сейчас. Отдохни."

Эти слова успокоили ее, и, полностью открыв глаза, она увидела Тришу у своей кровати.

" Триша, как я сюда попал? - Шепотом спросила Лиза.

"Кристофф спас тебя", - сказала Триша.

- Он так и сделал. Где он?” - С любопытством спросила Лиза.

- Он спит.

"ой. Как долго я в таком состоянии?”

- Полтора дня, - ответила Триша.

- Это плохо, завтра мое пребывание здесь подойдет к концу.

- Тебе нужно уходить? - спросил я.

"да."

- Я просто надеялся увидеть Хуанко, но теперь это кажется несбыточной мечтой.

“Не волнуйся, когда Кристофф проснется, я скажу ему”.

“спасибо”.

Триша оставила Лизу в комнате, где та пролежала в постели еще один день. На следующее утро, когда к Лизе немного вернулись силы, она устало встала и вышла в коридор.

Она постояла там некоторое время, но никого не обнаружила. Там она увидела свет, падающий на пол из полузакрытой комнаты. Она направилась туда и, войдя в комнату, обнаружила, что Триша вводит Кристоффу какую-то сыворотку, пока он спит. Мэри сидела на стуле у его кровати, а Изен стоял в углу.

На лице Лизы отразились вина и печаль. Кристофф был в таком плачевном состоянии, что она едва могла описать его.

“Это случилось из-за меня”, - сказала она срывающимся голосом.

Из ее глаз потекли слезы, и она не могла с ними справиться.

- Если бы он этого не сделал, с ним все было бы в порядке.

“Не говори так и не плачь”, - сказала Мэри, обнимая и утешая Лизу.

- Это была не твоя вина. Он такой. Он готов на все ради любимого человека”, - сказала она Лизе.

"да. Кристофф такой. Если ты винишь себя, то принижаешь те усилия, которые он предпринял, чтобы спасти тебя, - сказала Триша.

Все это время Изен стоял в углу и не произносил ни слова.

Лиза подошла к нему и увидела беспокойство в его глазах.

“Мне жаль, Изен...” - сказала она ему.

- Не стоит. Если бы не ты, его бы уже не было в живых.

- ...для меня.

"да. Я нашел эту штуку у него на груди и твою куртку рядом с ним. Он заколол себя вот этим.

Он протянул ей карманный электрошокер и сказал: “Удар электрическим током заставил его сердце биться”.

Лиза не ответила, но села у кровати и посмотрела на Кристоффа.

- Если ты присмотришь за ним, мы пойдем и приготовим что-нибудь поесть, - сказала Триша.

- Да, - ответила ей Лиза.

- Изен, ты тоже иди, - сказала бабушка.

И они ушли, закрыв за собой дверь.

Кристофф спал, но его лицо никогда еще не было таким выразительным. В нем сквозила невинность, а его немногословность... Нет, это неуместно; его безрассудство в спасении Лизы было очевидно по его ранам.

Она положила ладонь ему на лицо и погладила его.

“Он спас меня дважды, - размышляла она, - и сделал это без всякой причины. Он подверг свою жизнь опасности ради меня.

Эмоции взяли верх над Лизой; она не смогла удержаться и наклонилась к его лицу и поцеловала его. В тот момент, когда их губы соприкоснулись, она закрыла глаза, и по его лицу скатилась слезинка, спрятавшаяся в ее волосах. Ей хотелось, чтобы время остановилось, чтобы это ощущение тепла и уюта никогда не кончалось, но этому не суждено было сбыться.

Пока они целовались, его глаза постепенно открылись, и он увидел ее лицо. Она отстранилась и услышала, как он сказал: “Лиза... ты в безопасности”.

С одной стороны, она должна была избавиться от этого чувства, но, с другой стороны, она никогда в жизни не была так счастлива.

Она даже не потрудилась вытереть слезы. Она просто улыбнулась и сказала: "Да, мы проснулись".

"Как там..."

Она приложила палец к его губам и сказала: "Помолчи сейчас, отдохни. Я вернусь через минуту.

Она вышла из комнаты в полном восторге и спустилась вниз, на кухню. - Он проснулся, - весело сказала она.

При этих словах их встревоженные лица озарились, и они бросились наверх, чтобы увидеть его.

Все они радостно приветствовали его, а он говорил как ни в чем не бывало. После этого он что-то прошептал Изену на ухо. Это вызвало улыбку на их лицах. Когда он смеялся, у него немного болело в груди, но он не останавливался.

"Давайте сядем за обеденный стол и поедим", - сказал Кристофф всем присутствующим.

"Нет... ты остаешься здесь, - сказали они все в один голос.

" Нет. Я этого не сделаю. Сегодня последний день Лизы здесь. Давайте не будем тратить его впустую. Изен, подними меня."

Их настойчивость была тщетной, и Изен с Лизой поддерживали его, пока они спускались по лестнице.

Люси, лежавшая у костра, увидела Кристоффа и бросилась к нему.

Он велел им отпустить его, присел на корточки и погладил ее.

Август сидел за обеденным столом, и он тоже обнял Кристоффа: "Спасибо тебе. Это сработало".

Кристофф улыбнулся и сказал: "Не за что, детка".

Это была простая еда, но Лиза могла бы прокричать на весь мир, что это самая лучшая еда, которую только можно себе представить.

"Семья, вот что это такое, да", - размышляла она.

Они говорили о самых пустяковых вещах и смеялись над собственными ошибками. Каждый делился чем-то из своего прошлого, но только не Кристофф. Он держался в стороне от этого вопроса и время от времени улыбался.

После обеда Изен собрался уходить, и Лиза проводила его до двери.

- Спасибо, - сказал он.

- Не за что... - весело ответила она.

Он повернулся и прошел несколько шагов, прежде чем она окликнула его: "Изен, ты можешь мне кое-что сказать?"

- Да, спрашивай, о чем хочешь, - сказал он.

"О чем Кристофф рассказал тебе в той комнате?"

Его лицо просветлело, и он рассмеялся, прежде чем сказать: "А, это. Он сказал мне, что нашел в куртке твою детскую фотографию.

- Вот в чем причина твоего смеха.

- Нет, нет, он сказал, что ты похожа на белку со сломанным передним зубом.

"Он тебе это сказал! - воскликнула она. - Я собираюсь заполучить этого умного Алека".

- Будь с ним помягче, - сказала Изен и попрощалась с ним.

Прощание

Лиза вошла и села рядом с Кристоффом у камина. Бабушка и Триша разговаривали за столом, а Август был наверху и играл с Люси.

"Я похожа на белку", - сказала ему Лиза, немного раздраженная.

- О нет. Вовсе нет, - удивленно ответил он.

- Со сломанным передним зубом, - продолжила она.

- Нет, тебе это шло, ” сказал Кристофф.

"хорошо. Вот почему ты смеялся...”

Прежде чем Лиза успела закончить, Кристофф побежал наверх.

- Подожди, глупец, - сказала она, бросаясь за ним.

- О, ты была права, они ссорятся совсем как дети, - услышала Лиза, как Триша говорит Мэри.

Ничуть не испугавшись, она бросилась вперед, и они ворвались в комнату. Кристофф быстро обошел кровать и остановился с другой стороны с нерешительным выражением на лице.

– Послушай, я не хотел... - начал он, но Лиза уже схватила подушку, защищаясь.

Она завернула за угол, когда он направился прямо к ней, отчего кровать задрожала под его весом. - Лиза, успокойся, - взмолился он.

Но она никак не могла успокоиться. С решительным выражением в глазах Лиза вскочила на кровать и пробежала по ее поверхности. Однако, когда она добралась до конца, ноги подвели ее, и она упала на Кристоффа. Подушка вылетела у нее из рук и приземлилась между ними, когда они оба рухнули на ковер внизу.

Во второй раз за этот вечер Лиза оказалась на нем сверху, их лица были в нескольких дюймах друг от друга. Она чувствовала, как его учащенное сердцебиение совпадает с ее собственным. Они молча смотрели друг на друга, прежде чем Кристофф нежно убрал выбившуюся прядь волос ей за ухо. Воздух вокруг них был пропитан неуверенностью и невысказанным желанием.

Затем они оба прижались друг к другу, но прежде чем они успели поцеловаться, Лиза увидела Августа, стоящего в дверях рядом с Люси.

Она мгновенно вскочила, наступив Кристоффу на колено, и воскликнула: "Август!"

Ребенок был невинен, но умен. "Вы двое, пожалуйста, держите двери закрытыми", - сказал он им, прежде чем закрыть дверь.

Кристофф, тем временем, забрался на кровать и потирал свое колено.

"Мне жаль", - сказала ему Лиза.

"Все в порядке", - ответил он.

- Давайте спустимся вниз, - поспешно сказала она.

"Да."

Без дальнейших церемоний они оба уже сидели у камина.

- Я услышала громкий шум наверху, " сказала бабушка. - Все в порядке? - спросила я.

- Да, - ответили они в унисон, и она улыбнулась.

Некоторое время они сидели молча, прежде чем Кристофф заговорил: "Теперь все в порядке. Поскольку сегодня твой последний день здесь, давай отправимся на озеро Шайра."

- Ты еще не совсем оправился, - сказала Лиза.

- Кто это сказал? Тот, кто собирался ударить меня подушкой.

- Да, да, но я не похожа на белку.

- Нет, не понимаешь. Ты выглядишь хорошенькой, стройной, белокурой и со всеми остальными прилагательными. Но я назвал тебя белкой, потому что ты самый интересный, любознательный человек, которого я когда либо встречал в своей жизни."

- Ты имеешь в виду, как белка.

"Именно так."

- Ну что ж. Мне жаль.

- Ладно, давай закончим эти свадебные разговоры. Мы уходим гулять. Уже семь часов. Мы должны быть там к девяти.

Мэри и Триша слушали, как им рассказывали об этом маленьком путешествии. Удивительно, но они оба согласились без каких-либо возражений.

Когда Лиза закрывала за ними дверь, она услышала, как Мэри сказала Трише: "Пока эти двое есть друг у друга, нам не о чем беспокоиться".

Теперь Лиза понимала, почему они так спокойно относились ко всему этому.

Когда они были уже на некотором расстоянии от дома, сзади их окликнул чей-то голос.

Обернувшись, они увидели бегущего к ним Августа. Он остановился, и Лиза заметила, что в руке у него листок бумаги.

"Ты можешь передать это ей?" - спросил он, поворачиваясь к Кристоффу.

"Конечно, а теперь быстро возвращайся, хорошо", - ответил он.

И вот Август вернулся.

Шагая рядом, они болтали о многих вещах, одна из которых имеет значение для этой истории.

"Итак, ее зовут Ева", - сказала Лиза.

"Да, Эвелин", - с улыбкой сказал Кристофф.

- Итак, что ты сделал?

- Ничего. Я просто пересказал ему эти слова.

- Какие слова?

- Я Август. Могу я быть твоим другом?"

- И это все?

" Нет. Он очень нервничал, произнося эти слова, поэтому записал их и отдал ей".

- Что она сказала? - спросил я.

"да. Я бы хотел быть твоим другом. Меня зовут Эвелин."

- Не могу поверить, что это сработало.

- Да, это сработало, и они друзья.

- А это письмо, которое он передал сейчас?

- Что ж, тогда давай почитаем.

Было написано всего три добрых слова: "С днем рождения, Ева".

- Это мило, - сказала Лиза.

"Да. Давай оставим эту тему; мы отдадим это ей, когда приедем туда".

Когда часы пробили 9, они добрались до озера Шайра, окутанного туманом. Тишина была почти зловещей, но они оба знали, что очень скоро симфония звуков оживит это место.

- Возьми меня за руку, - прошептал Кристофф Лизе.

Не колеблясь, она взяла его за руку, и они направились к озеру. Кристофф вытащил из кармана перо и крепко сжал его. Они стояли там, наблюдая и ожидая, а время шло, и Лиза начала беспокоиться.

"Похоже, они покинули это место", - сказала она.

" Терпение. Тебе действительно этого не хватает, - сказал Кристофф.

Прежде чем Лиза успела ответить, поблизости зазвучала мелодия, и их собственные тела начали светиться.

"Это работает", - сказал Кристофф.

"Но на этот раз грома не будет", - спросила Лиза.

" Нет. Это праздник Шайры. Ликующий танец новорожденных."

Внезапно из-за темных деревьев начали выскакивать светящиеся фигуры, а затем взлетели вверх, мерцая, как звезды. Две птицы, летевшие в противоположных направлениях, пролетели мимо друг друга, а третья вылетела из места их пересечения. В этом была какая-то закономерность, и в мгновение ока перед ней предстал ангел, сверкающий на фоне темного неба, которого Лиза видела в Иерихонском саду.

“Это Шайра”, - воскликнула она, ослепленная.

"да. Иерихон увидел это и построил в честь своей жены”.

Птицы постояли там с минуту или около того, прежде чем разлететься в разные стороны. Но две птицы летели прямо на них. Один был очень маленьким, а другой среднего размера.

Кристофф раскрыл правую ладонь, и большая ладонь легла прямо на нее. Маленькая, однако, сидела прямо на носу Лизы.

“Кристофф...” - сказала она приглушенным голосом, немного испуганно.

- Не волнуйся. Они помнят тебя”.

“Я?”

- Да, эти птицы умеют запоминать лица. Этот большой камень был маленьким, когда впервые оказался у меня на ладони около двух лет назад.”

- Вы можете это узнать? - спросил я.

- Да, я прикрепила к его носку маленькую красную ниточку.

Затем эти две птицы облетели их по спирали и остановились перед ними.

“Теперь ты можешь идти”, - тихо сказал Кристофф, и они пошли.

Их тела перестали светиться, туман постепенно рассеялся, и они вернулись в дом Мэри.

Это зрелище привело Лизу в восторг, и она захотела навсегда остаться в Шайре. Но она не могла, она должна была уйти. На следующее утро бабушка приготовила роскошный завтрак, чтобы отпраздновать свой отъезд. Это было чудесно, и после этого она начала прощаться.

"Если ты когда-нибудь вернешься в Шайру, обязательно приезжай к нам", - сказала Триша.

- Да, и желаю тебе счастливой жизни, - весело сказала бабушка.

- До свидания, - сказал Август.

"Где Кристофф?" - спросил я. - Спросила Лиза, поскольку не видела его с самого завтрака.

Перед домом Мэри стояла карета, и из нее вышел Кристофф.

- Где ты был? - спросил я. - Спросила Лиза, стоя в дверях.

- Ко мне домой. Там были ваша дорожная сумка и другие вещи. Я подумал, что будет лучше привести их сюда.

- Спасибо, - ответила она.

Лиза попрощалась и села в элегантную карету Изена. Кристофф присоединился к ней, и они отправились по извилистой дороге к временному дому Лизы, где ее ждали ассистент и машина.

За время путешествия ни один из них не произнес ни слова. Это казалось уместным, поскольку они оба не были уверены в природе своих отношений: были ли это любовь или просто дружба?

Когда карета остановилась, они вышли, и Лиза поблагодарила Изена за его помощь. Теперь наступило самое трудное: попрощаться с человеком, к которому она испытывала сильные чувства, но не была до конца уверена, что эти чувства означают.

Они молча стояли лицом друг к другу. Глаза Лизы выдавали ее неуверенность, но он оставался непроницаемым.

- Спасибо вам за все, - сказала она наконец.

"Когда бы вы ни пришли сюда, мы всегда рады вам", - приветливо сказал он.

"я знаю."

"Итак, вот оно что".

"да."

- Тогда до свидания, Лиза.

Когда она уходила, ее мысли продолжали метаться. Сделав всего несколько шагов, она обернулась и увидела его спину, когда он медленно направлялся к карете.

"Кристофф", - позвала Лиза.

Он тут же повернулся и спросил: "Что-нибудь не так?"

- Да, что-то серьезное.

- Что это? - обеспокоенно спросил он.

"Ты".

- Я? " растерянно переспросил он.

"Да."

"Что со мной не так?" спросил он с озадаченным видом.

" Розы. Те, что в твоем сюртуке. Это для кого"то другого? - спросила она невинным голосом.

Он улыбнулся и сказал: "А, это. Я забыл.

Он достал его и отдал ей.

- Я принес это в качестве прощального подарка.

"Жужжащие розы", - сказала Лиза. - Это символизирует любовь... не так ли?

"Нет. Не совсем так. Это символизирует разум. Это объясняет ваши действия. Зависит от того, как ты думаешь...

Выражение его лица было ей очень хорошо знакомо. У него не было ответа, и она помогла ему.

- Ты не обязан отвечать сейчас, " перебила его Лиза. - Пока я снова не вернусь сюда, пусть так и будет.

- Ты уверен?

- Больше никогда, - сказала она, обнимая его.

Поднялся холодный ветер, и облака становились все темнее. Лиза поцеловала его в щеку и сказала: "Прощай, Кристофф".

" Прощай, Лисанна.

Их последний разговор был полон неловкости и эмоций. Оглядываясь назад, Лиза жалела, что не произнесла этих трех слов. Но у судьбы были на них другие планы.

Она уехала на своей машине, а за рулем сидел ее помощник. Когда начался дождь, она не оглянулась, зная, что это только заставит ее передумать. И с этими словами Лиза попрощалась с Шайрой в последний раз.

Ностальгия

Несколько лет спустя…

Солнечный свет струился через кухонные окна квартиры Лизы, отбрасывая теплый отблеск на уголок для завтрака, где она сидела со своей подругой Энн. Аромат свежесваренного кофе наполнял воздух, смешиваясь с ароматом тостов и яичницы-болтуньи. Было ленивое воскресное утро, и двое друзей решили поболтать за домашним завтраком.

Лиза рассеянно помешивала кофе, ее взгляд блуждал по городу за окном. Энн с беспокойством наблюдала за своей подругой, заметив знакомое отстраненное выражение в глазах Лизы.

- Эти яйца просто восхитительны, - сказала Энн, пытаясь вернуть Лизу к действительности. - Спасибо, что пригласили меня к себе.

Лиза моргнула, с легкой улыбкой глядя на Энн. "конечно. Прошло слишком много времени с тех пор, как мы делали это в последний раз.

Энн кивнула, затем отложила вилку, решив обратиться к главному в этой комнате. - Лиза, я не мог не заметить... ты выглядишь рассеянной. Все в порядке?"

Лиза вздохнула, ее пальцы пробежались по краю кофейной кружки. Она знала, что не сможет скрыть своих чувств от Энн, своей самой старой подруги.

- Я в порядке, правда. Это просто... Лиза замолчала, пытаясь подобрать нужные слова.

Энн потянулась через стол и нежно сжала руку Лизы. "Это Кристофф, не так ли?"

Лиза кивнула, не в силах встретиться взглядом с Энн.

- Ты должна пройти мимо него, Лиза, - обеспокоенно сказала Энн.

"Да, я знаю, но думаю, со временем я забуду о нем", - ответила Лиза.

"6 лет - это большой срок", - сказала Энн.

У Лизы не было ответа на этот вопрос.

- Я думаю, тебе стоит снова начать ходить на свидания, - настаивала Энн.

Эта мысль и раньше приходила Лизе в голову, но где бы и с кем бы она ни была, его лицо всегда всплывало у нее в голове.

- Не-а. Это не помогает, " сказала Лиза. - Это только больше напоминает мне о нем.

Затем Лиза прервала разговор и подошла к окну, из которого открывался вид на тихий квартал. Она отхлебывала кофе маленькими глотками и смотрела в никуда.

"Кристофф Майерс", - подумала Лиза про себя. Она была бы рада увидеть его снова. Но она не знала, сможет ли когда-нибудь.

Жизнь Лизы наладилась с тех пор, как она встретила его. Теперь она была редактором "Таймс", владелицей красивого дома, в котором ей было уютно и стабильно. Однако она была одинока среди этой городской жизни.

Казалось, жизнь проходит, и ее надежда увидеть его умирала. Но именно тогда судьба постучалась в ее дверь. Стояла весна. Работы было меньше, чем обычно, и Лиза в основном сидела дома. День прошел, и ночь окутала ее дом. Она направилась в свою комнату, но стук в дверь остановил ее.

Открыв дверь, она увидела неподвижно стоящего мальчика.

- Да, чем я могу вам помочь? - нахмурилась она.

- Вы меня не узнаете, " сказал он с улыбкой, но глаза его казались печальными.

Лиза еще немного изучила его и покачала головой: "Извините, я вас не помню".

"Ну, шесть лет - это большой срок", - сказал мальчик.

В тот момент, когда он произнес эти слова, разум Лизы начал находить сходство с этим лицом.

- Август! - воскликнула она.

- Да, - подтвердил он.

Глаза Лизы расширились и заискрились от радости, а щеки залил румянец. - О боже, ты так сильно вырос! - Воскликнула она. - Входите. Присаживайся, - восторженно сказала она.

Пока он сидел на диване, Лиза приготовила ему кофе.

- Вот, возьми, - сказала она.

- Спасибо, - ответил Август.

- Ты же знаешь, у меня к тебе много вопросов. Но, во-первых, я действительно рада тебя видеть, - сказала Лиза.

“Я тоже”, - ответил Август.

- Итак, как у всех дела? - Спросила Лиза.

Его лицо стало печальным. На некоторое время воцарилось молчание, когда он наконец заговорил тяжелым голосом.

- Ну, я пришел сюда, потому что она меня об этом попросила. Вот, возьми это, - сказал Август.

Он протянул Лизе дневник и подарок, завернутый в красную бумагу, которые достал из карманов.

- Похороны состоялись месяц назад. Но на смертном одре она попросила меня передать это вам. Она сказала: "Скажи ей, пусть прочтет это. Остальное я оставлю на ее усмотрение”.

Потрясение подорвало хорошее настроение Лизы. И то, что последовало за этим, изменило всю ее жизнь.

***

Лиза открыла обложку книги и сразу же увидела слова *“Не забудь 29 марта”*, напечатанные жирным шрифтом. Внутри она нашла письмо от Кристоффа, адресованное Мэри. Он заявил, что больше не может писать из-за угрызений совести, и отправил Мэри эти мемуары в подарок.

Перелистывая страницы, Лиза поняла, что это рассказывается собственная история Кристоффа. Он писал о том, что раньше ему никогда не приходило в голову вести дневник, но теперь он понял, почему для него было важно это сделать. Это был его способ примириться со своим прошлым и настоящим, наполненный чувством вины и ностальгии. Мемуары начались с самого начала его жизни, когда он был брошен младенцем в сиротском приюте, а позже усыновлен бабушкой Мэри.

Там он обрел счастье со своими друзьями, которые не знали, что все они были брошены в какой-то момент своей жизни. Среди них была девушка по имени Шарлотта, в которую он был влюблен с тех пор, как они были маленькими детьми. Они проводили время вместе, гуляя по заднему двору или лазая по деревьям, чтобы посмотреть на птичьи гнезда. Когда они стали старше, она оставалась его лучшим другом и человеком, о котором он глубоко заботился.

***

Однажды воскресным утром, играя в саду, Кристофф заметил Мэри и двух незнакомцев, наблюдавших за ними издалека. Но он не обращал внимания на их пристальные взгляды и продолжал развлекаться с Шарлоттой.

“Кристофф, ты знаешь, какой сегодня день?” - спросила она своим игривым голосом.

“Нет, а ты?”

- Сегодня день дружбы, глупышка.

“ Дружба. Да, я забыл. Я принес тебе подарок.

«действительно?»

” Да, закрой глаза.

Она закрыла глаза, а он порылся в карманах и сказал: “А теперь открой их”.

В его руках был медальон, который Мэри и Кристофф купили накануне.

Ее лицо просветлело, и она улыбнулась ему: "Спасибо", - сказала она.

- Открой медальон, - велел он ей.

Когда она открыла его, то увидела фотографию всех людей в "Маленьких ангелочках".

"Это так красиво", - сказала она.

- Держи это при себе.

- Что ж, у меня тоже есть для тебя подарок.

Она подарила ему ленту с надписью "Лучшие друзья навеки".

Они оба продолжали играть и бегать, и день прошел весело. Это событие произошло, когда их усыпили. Кристофф пытался заснуть, когда услышал скрип двери и увидел на пороге Мэри. Она подошла к нему и присела на край кровати.

"Кристофф, ты проснулся. Это хорошо, " сказала она.

" Да, бабушка, почему у тебя такие слезящиеся глаза? он спросил.

- Мое дорогое дитя, - сказала она, обнимая его, - Шарлотте пора уходить. Двое людей, которых вы видели сегодня, хотят удочерить ее."

Услышав это, его сердце замерло.

- Почему она должна уйти? Вчера мы даже подарили друг другу подарки и отпраздновали нашу дружбу". - Пробормотал он с грустью в голосе.

"О, Кристофф. Взгляни на это с другой стороны. У нее будут новые родители, которые будут заботиться о ней. Ты бы хотел, чтобы она была счастлива, верно?

Он кивнул. К сожалению, бабушка была права, и с тяжелым сердцем он сказал: "Наверное, ты права". Последовала долгая пауза, пока юный Кристофф переваривал полученную информацию. - Когда она уезжает? - спросил я.

- Сегодня вечером, - сказала она, - я подумала, что должна сказать тебе, раз уж вы двое лучшие подруги.

После этого Мэри проводила его до внешних ворот, где Шарлотта стояла со своими новыми родителями.

“Они удочерили меня”, - сказала она с грустной улыбкой. “Я уезжаю сегодня вечером, Кристофф”.

- Да, это так. Я рад за тебя, - сказал он, умудрившись улыбнуться ей.

- Обещай мне, что мы останемся лучшими подругами даже после того, как я уйду, - сказала она и протянула руку для рукопожатия.

"да. Лучшие друзья навеки, - сказал он, пожимая ей руку.

После ухода Шарлотты Кристофф ощутил какую-то пустоту. Она была его лучшим другом и пассией, а теперь ее не стало. Кристофф стоял перед ними, махая Шарлотте, когда машина отъезжала, — его глаза блестели от непролитых слез, когда он изо всех сил старался сохранить самообладание. Он глубоко вздохнул и медленно повернулся лицом к бабушке, и когда они крепко обняли друг друга, по щекам Кристоффа от переполнявших его эмоций потекли слезы.

Он пытался отвлечься, проводя больше времени с другими детьми, но не мог избавиться от чувства, что скучает по ней. Бабушка Мэри заметила перемену в его поведении и спросила его об этом. Кристофф рассказал ей о своих чувствах к Шарлотте и о том, как сильно он по ней скучал. Бабушка Мэри терпеливо выслушала его, а потом дала несколько советов.

- Бабушка, она счастлива. Тогда почему же это не так? Почему мне так больно?”

- Жизнь полна прощаний, мой дорогой, ” сказала она. “Люди приходят и уходят, но что важно, так это воспоминания, которые мы оставляем о них, пока они здесь”.

- Кристофф, - сказала она, глядя ему в глаза, - то, что ты сделал для нее, называется жертвой. И знай: это больно - отпускать того, кого ты любишь и о ком заботишься. Но ты сделал это ради ее счастья. И за это я горжусь тобой”.

Кристофф тогда не совсем понял, что она имела в виду, но ее слова запали ему в душу. В ту ночь Кристофф действительно заснул, но воспоминания никуда не делись. Ностальгия навсегда вцепилась в него своими клыками, ожидая, когда он поддастся ее власти. Но он этого не сделал, потому что на нем лежала ответственность перед Мэри и ее детьми. Примерно 11 лет спустя Кристофф начал работать в The Barrows. Это было хорошее занятие: 5 часов в день на фабрике и каникулы по выходным. Зарплата была хорошей, и жизнь в целом налаживалась. Он делил квартиру со своим коллегой и другом детства по имени Джеффри и навещал бабушку при любой возможности. Он смог помочь ей с финансами детского дома, и так продолжалось в течение двух лет или около того. Но, как говорят философы, "Судьба непредсказуема", и так оно и было, когда весна снова ворвалась в его жизнь.

Это был тяжелый рабочий день. Кристофф был очень уставшим и направлялся к своей квартире. Прогуливаясь по тротуарам этого шумного города, он часто заглядывался на стеклянные витрины магазинов. И вот случилось так, что он стоял и смотрел на красивое белое свадебное платье. В течение нескольких минут он пристально смотрел на нее, а затем якобы взглянул на ценовую карточку.

" Фу! Это дорого, " заметил он и пошел дальше.

Он был на углу тротуара, когда услышал голос, зовущий его: "Кристофф, Кристофф, держись!"

Он обернулся и заметил безошибочно узнаваемую фигуру, бегущую к нему. Какое-то мгновение он не мог понять, кто это, пока прямо перед ним, тяжело дыша, не остановилась женщина.

Взяв себя в руки, она наконец сказала: "Черт возьми, Кристофф, ты очень быстро ходишь".

Ничего не понимая, он уставился на нее, прежде чем она заметила отсутствующее выражение его лица.

- Ты забыл меня, не так ли? - надменно спросила она.

"Э-э-э...." Он задумался под этим любопытным, сердитым взглядом: "Кто она такая, черт возьми? Останавливает меня посреди тротуара и повелевает собой. Знал ли я когда-нибудь такого человека?"

- Ладно, я дам тебе подсказку, твой друг, страдающий болезнью Альцгеймера, " сардонически произнесла она.

- Друг, страдающий болезнью Альцгеймера, - обиженно сказал он.

"Подожди минутку, друг", - задумался он, когда лампочка в его трубке начала мигать.

- Изабель? Это действительно ты? " выжидающе спросил он.

- Ага, дамбо. Кто же еще это мог быть? - спросила она в своей обычной оживленной манере, прежде чем обнять его.

- Слава богу, ты узнал меня, Кристофф, иначе я бы влепила тебе пощечину за то, что ты так быстро забыл меня.

Когда она отпустила его, он почувствовал теплое трепетание. То, к чему он всегда стремился.

"Простите меня, это было так давно", - смиренно ответил он.

- Да, это правда. Этот город кажется мне новым. Похоже, мне придется многое наверстать.

- Я помогу тебе с этим.

- Я знаю, что так и будет. Но давай сначала сойдем с тротуара.

- Йип.

Кристофф попытался остановить такси, но оно просто пронеслось мимо него, как будто он был невидимкой. Затем он изобразил классическое движение большими пальцами, но, к сожалению, это тоже не сработало.

- Твои навыки вызова такси отстой, - поддразнила Изабель.

"Ну, ты думаешь, что сможешь добиться большего?" он толкнул ее в ответ.

При этих словах она улыбнулась и громко свистнула проезжающему такси. Такси остановилось прямо перед ними и поехало задом к ним.

Она бросила на него победный взгляд, когда они вошли в здание и направились в кафе "Придо".

- Иностранное образование научило тебя свистеть. Это впечатляет", - пошутил он.

- Это научило меня гораздо большему. А как насчет тебя, Кристофф? - спросила она, поворачиваясь к нему.

- Ну, у меня есть работа, и я вполне обеспечен.

- Мэри рассказала мне о твоей работе и обо всех этих скучных вещах из твоей жизни. Я имел в виду, ты с кем-нибудь встречаешься?

"Нет", - быстро ответил он.

- Все еще не замужем, - рассмеялась она.

"Ну, это постоянно временное явление".

- Будем надеяться, что это так.

Когда они вышли из машины, то заметили, что в кафе собралось много народу.

"Похоже, бизнес мисс Придо идет полным ходом", - сказал Кристофф.

- Надеюсь, она нас узнает, - ответила Изабель.

Внешний вид кафе изменился, но его душа осталась прежней. Мисс Джулия Придо никогда не была так оживлена, как сейчас, поскольку командовала своими подчиненными с величайшим энтузиазмом.

- Давайте, девочки, поторопитесь. Давайте покончим с этой порцией, - сказала она со своим испанским акцентом.

- Боже, мест больше нет, - прокомментировала Изабель, когда они вошли. - Как ты думаешь, она примет нас сегодня?

- Что ж, давай спросим у нее, - весело ответил он и подошел к стойке.

"Джулия, есть ли шанс, что ты будешь лечить двух маленьких детей", - сказал Кристофф.

Когда она подняла голову, на ее лице отразилось удивление.

"Кристофф, - радостно воскликнула она, - это ты?"

“Ага”.

Услышав это, Изабель шагнула вперед и поприветствовала ее: “Привет, Джулия”.

Но, к сожалению, она не могла узнать Изабель, пока Кристофф не прошептал ей на ухо несколько запоминающихся подробностей из ее детства.

- У него вид сорванца со сломанными передними зубами. Ты имеешь в виду ту Валентинку, - громко воскликнула Джулия.

Услышав это, Изабель ткнула Кристоффа локтем в живот, причинив ему сильную боль. И пока она смотрела на него с игривой злостью, вмешалась Джулия.

- Вы двое все еще ничуть не изменились, - сказала она.

- Я бы согласился. Она все еще любит командовать, как тот сорванец, - сказал Кристофф.

- Не обращай на него внимания, Изабель, - сказала Джулия, прежде чем обнять ее. - Ты выросла в прекрасную леди.

- Спасибо, - вежливо ответила она.

Мисс Придо приготовила для них два места, которые были зарезервированы в глубине кафе.

- Мэм, начинка закончилась, - раздался голос из соседней кухни.

- Иду, - ответила она.

- Вы двое можете сесть здесь. Я скоро пришлю Нэнси, - сказала она им, прежде чем поспешно уйти.

Джулия была жизнерадостной женщиной и близкой подругой Мэри. Будучи добросердечной и веселой, всякий раз, когда они приходили к ней в гости, она угощала их десертами, любимым у Кристоффа было ванильное мороженое пломбир.

- Что это за улыбка у тебя на лице? - С любопытством спросила Изабель.

“Ты все еще носишь этот медальон”, - сказал Кристофф.

Его наблюдения становились все более проницательными. И это вызвало у нее редкий комплимент.

"Я вижу, что дух Шерлока все еще не покинул тебя, Кристофф. Что касается медальона. Это воспоминание, которым я дорожу.

К этому времени к ним присоединилась симпатичная дама и выжидательно смотрела на них, ожидая указаний.

" Нэнси. Рад видеть, что с тобой все в порядке, " сказал Кристофф.

"Что ж, я не знаю, как вас и благодарить", - ответила она, немного взволнованная.

- Не обращай внимания на Нэнси. Познакомься с Изабель. Ну, знаешь, девушка, о которой я иногда упоминал.

При этих словах улыбка, очевидно, исчезла с ее лица, когда она сказала: "Приятно было познакомиться с вами, мисс Изабель".

- Ты улыбаешься. Со мной что-то не так?" - озадаченно спросила Изабель.

- Нет, просто ты совсем не такой, каким я тебя представляла, - сказала Нэнси.

" Другой. Как же так?"

- Ты очень красивая, полная противоположность...

- Ну что ж, Нэнси. Я бы хотел заказать... Вмешался Кристофф, пытаясь сменить тему. Однако Изабель не взяла с этого ни цента. Она закрыла ему рот руками, не дав ему договорить.

- Пожалуйста, продолжай, Нэнси.

- Ты совсем не похож на мальчишку-сорванца, как мне говорил Кристофф, - наконец выдавила она.

- Ага. Что еще он говорил обо мне?

Затем Нэнси посмотрела на Кристоффа, который умолял ее взглядом не отвечать на вопрос Изабель. Услышав это, Изабель положила другую руку ему на глаза, закрывая его лицо.

Увидев ее решительный взгляд, невинная Нэнси решила ответить. - Ну, он сказал, что ты был очень смелым и капризным сорванцом, прямо как Маугли из "Книги джунглей".

Кристофф оторвал руки Изабель от своего лица и теперь смотрел на Нэнси беспомощным взглядом. С другой стороны, Изабель была готова взорваться.

"Что ж, Нэнси, сегодня я покажу тебе свою смелость", - сказала она, задвигая ногами под круглый стол, прежде чем пнуть переднюю спинку стула Кристоффа.

- Ого! - закричал он, потеряв равновесие и упав навзничь, прежде чем врезаться в деревянный пол.

"Это больно", - сказал он в агонии.

Нэнси помогла ему подняться, прежде чем он сел, отодвинув его стул довольно далеко от стола.

- Спасибо тебе, Нэнси, что помогла нашему Киплингу подняться, - с юмором сказала Изабель.

" Ага. Думаю, после этого мне понадобится кофе, - ответил Кристофф.

- Это для вас, мэм, - с надеждой обратилась Нэнси к Изабель.

- Ванильное мороженое, - ответила она.

Когда Нэнси ушла, Изабель жестом подозвала Кристоффа, привлекая его внимание.

"Знаешь что, Кристофф, я думаю, Нэнси влюблена в тебя".

" Нет. Она милая девушка. Она просто благодарна мне за помощь.

- Помочь? - С любопытством спросила Изабель.

- Ну же, не смотри на меня так.

- Например, что?

- С таким проникновенным взглядом, Изабель.

"Хорошо… Я не буду больше вникать в этот твой тайный роман, " поддразнила она его.

- Давай же! - крикнул я.

"Но есть кое-что, на что мне нужен честный ответ", - перешла она к настоящей теме.

- Давай, продолжай.

- Есть ли кто-нибудь, кого ты любишь? - спросила она, глядя ему в глаза.

"да. Я люблю тебя так же, как люблю Мэри, Изен... - он изобразил невинность.

- Тупица. Не такая это любовь. Я имею в виду ту, где ты будешь связан с ней на всю свою жизнь."

" Ее. Всю жизнь! Ты говоришь так, будто это серьезное обязательство."

- Так и есть. Особенно когда я знаю, кто эта девушка.

- Не будь такой тщеславной, Изабель.

Услышав это, она вздохнула и спросила о неизбежном.

- Тогда почему вы так долго ее не видели?

- Я не видел тебя последние пять лет. Это не значит, что я избегал тебя, - легкомысленно сказал он.

- Нет, - возразила она, возмущенная его безразличным отношением, - четыре года назад чувства, которые ты испытывал ко мне, переросли в глубокую дружбу, которую я считаю...

Кристофф попытался ответить, но она больше не хотела этого слышать.

- Нет, это ты послушай. Я знаю, что у тебя есть свои секреты. Но Шарлотта по уши влюблена в тебя. Она этого не показывает. Но под этим сильным поведением она ищет твоих объятий и любви. Итак, Кристофф Майерс, даю слово, ты признаешься ей в своей любви. Обещай мне.

Кристофф заметил перемену в ее голосе и, наконец, открылся.

- Я так и сделаю. Осталось совсем немного времени, пока приют не найдет новое место. Тогда я закончу".

- Я пока возьму это на себя.

Некоторое время Изабель смотрела Кристоффу в глаза.

- Ты тупица. Перестань смотреть на меня так очаровательно", - подумала она, когда он улыбнулся ей.

Он был таким с тех пор, как они были детьми. Всякий раз, когда кто-нибудь выглядел расстроенным, он отвлекал их своей ленивой тупостью. И это помогло им взбодриться. Однако, когда он оказывался в затруднительном положении, он молчал и улыбался так, словно делал вид, что "все в порядке".

"Ты все такой же красавчик", - сказала она ему, прежде чем Нэнси вернулась на сцену с кофе и ванильным мороженым.

Теперь, не мудрствуя лукаво, Изабель взяла большую ложку и с аппетитом съела восхитительно пахнущую ваниль. Кристофф, тем временем, сохранял свою обходительность и делал небольшие глотки.

Выходной у друга

Лиза закрыла потертый кожаный ежедневник и уставилась на пустую стену перед собой, погрузившись в раздумья. Было невероятно читать о прошлом Кристоффа его собственными словами и видеть его эмоции и переживания, изложенные на бумаге. Выведенные чернилами слова, казалось, имели какой-то вес, который она не могла до конца осознать.

У нее перехватило горло, когда она представила, как он пишет о девушках, которых любил и потерял. Может быть, поэтому он всегда казался таким сдержанным и стойким? Переживал ли он все еще боль от их отсутствия? Лиза чувствовала, как у нее болит сердце за него, за все, через что ему пришлось пройти, и за то, как это превратило его в того мужчину, которого она знает сегодня.

Собравшись с духом, она снова открыла книгу.

***

Было 6 часов утра в субботу, когда Кристоффу позвонил его дорогой друг.

"Эй, Кристофф! Как дела на работе? - раздался веселый голос.

- Ты прекрасно знаешь, что сегодня праздник, Изен. Почему ты звонишь так рано, а?" - сардонически произнес Кристофф.

"ой! Моя вина. Но это важная тема, " с юмором ответил Изен.

" Это важно? Он на мгновение замолчал. "что это?"

- Нет, это не то, что можно обсуждать по телефону. Ты можешь встретиться со мной?"

"Конечно… Я свободен".

"Отлично, тогда встретимся на Чарринг-Кросс в 9", - сказал Изен, прежде чем повесить трубку.

"Что ж, сегодня он выглядит счастливым", - размышлял Кристофф, вставая с кровати.

Отель Charring Cross находится в загородной местности Йорксвилла. Это веселый городок с процветающей экономикой, обширными полями, усеянными бесчисленными платанами, и, самое главное, единственным городом, где есть дорога, ведущая в долину Хьюлетт. И вот в четверть восьмого Кристофф обнаружил, что садится в поезд, идущий на запад, в сторону Йорксвилла.

По мере того как пейзажи отдаленных городских районов сменялись бескрайними просторами холмов и лугов, он продолжал наблюдать за сельской местностью через окна.

"Красиво", - подумал он и расслабился, наслаждаясь безмятежным видом.

К девяти часам Кристофф оказался на перекрестке в центре города, где обнаружил Айзена, который стоял на тротуаре и искал его.

"Ты выглядишь счастливым, приятель", - сказал Кристофф, приветствуя его.

- Рад, что ты пришел вовремя.

- Итак, что же это за важная тема?

Изен беззастенчиво улыбнулся и сказал вслух: "Ну что ж, сегодня в Чарринг-Кроссе праздник пива. И поскольку я такой большой любитель выпить, я подумал, что мне понадобится кто-нибудь, кто отвезет меня домой ночью".

" Серьезно! Ты пригласила меня на праздник, чтобы я мог утащить тебя ночью, - в голосе Кристоффа звучала задумчивая злость.

"Ну, я буду пьян", - ответил Изен в качестве утешения, чтобы оправдать свою просьбу.

Раз уж Кристофф забрался так далеко от дома, он вполне мог провести день, наблюдая, как Айсен напивается.

"хорошо. Пойдем, Изен, - сказал он, подчиняясь.

"Теперь я знаю, что это Кристофф", - громко рассмеялся Изен.

Улицы Чарринг-Кросса были переполнены волнением и ликованием, когда на улицы вышел ежегодный фестиваль пива. Каждый магазин с гордостью демонстрировал свой логотип и раздавал листовки, рекламирующие свои прилавки на мероприятии. Однако была одна гостиница, которая выделялась на фоне остальных. На тротуаре стояли круглые столики, накрытые яркими красными скатертями, которые привлекали внимание прохожих.

Большинство людей были свидетелями классического праздничного трюка - стягивать скатерть, не задевая стоящую на ней посуду. Но как насчет обратного? Видели ли они, как под невидимым стеклом аккуратно накрывают скатерть, идеально уравновешивая тарелки с едой и чашки, наполненные до краев, не проливая ни капли? Это действительно искусный вид искусства.

- Эй, вы, два тупицы. На что ты так уставился? - раздался элегантный голос.

- Ни за что на свете…Это не можешь быть ты…Шарлотта, - сказал Кристофф, глядя на женщину, чье лицо было скрыто за причудливой маской. Когда она сняла его, их обоих встретила радостная улыбка.

- Айзен Хьюз и Кристофф Майерс, - восхищенно произнесла она. - Как, скажите на милость, вы двое оказались здесь?

“Не могу пропустить этот пивной фестиваль, Шарлотта”, - с юмором сказал Изен.

- То, что я вижу вас здесь, вполне объяснимо. Но, Майерс, когда ты успел стать пьяницей? - спросила она, пристально глядя в глаза Кристоффу.

- Я слышал, вы раздаете бесплатные напитки. Вот и все, ” пошутил он.

- Правда, - когда она говорила, в ее глазах был блеск.

“На самом деле, он здесь, чтобы забрать меня”, - ответил Изен.

Услышав это замечание, она рассмеялась над ними обоими, а затем, обняв их за плечи, пригласила войти.

"Бесплатные напитки для всех", - громко крикнула она, и все заревели в ответ от восторга.

- Сколько времени прошло с тех пор, как мы втроем были вместе? - спросила Шарлотта, разыскивая что-то за прилавком.

- 3 года. В последний раз мы встречались на дне рождения Мэри, " сказал Кристофф.

"Yeah...it это было летом 1999 года, " рассказывал Изен.

- Странно... не правда ли? Когда я был подростком, мы обещали время от времени видеться. Но так или иначе, наши пути разошлись, - сказала Шарлотта, протягивая Айзену мартини и выжидающе глядя на Кристоффа.

- Шарлотта, манговый сок, - сказал Кристофф.

"Он все еще отказывается пить", - пошутил Изен.

- От старых привычек трудно избавиться, - заметила Шарлотта, разыскивая бутылочку.

- Ты говоришь, разные пути. Нисколько. Я имею в виду, мы ведь здесь вместе, не так ли? Все точно так же, как вчера. Изен не изменился, как и ты, " сказал Кристофф.

"А как насчет тебя, Кристофф?" - она протянула ему сок и посмотрела прямо на него.

- Ну, я работаю в "Барроуз". Жизнь налажена. Чего еще я могу ожидать?" сказал он с улыбкой.

- Твои глаза говорят об обратном. Ты знаешь, я навещал Мэри неделей раньше; она, кажется, беспокоилась о тебе.

- Беспокоишься? Почему? Я такая веселая и счастливая."

" Счастлив. Это потому, что Изабель счастлива?" в конце концов, ей удалось взять себя в руки.

- Так вот почему Мэри спрятала это? Кристофф заговорил, слегка задыхаясь: "Это так на нее похоже. Но знаешь что, рано или поздно я кого-нибудь найду.

"Это похоже на моего брата", - сказал Изен, хватая Кристоффа за шею и взъерошивая ему волосы.

Такой парень, как он, будет любить ее всем сердцем, несмотря ни на что. Детская любовь никогда не умирает. Это просто подавляется с помощью гуманной логики: "Если она счастлива, то и я тоже", Но боль время от времени приходит и уходит. Так же было и в случае с Кристоффом. Шарлотта не будет отрицать, что любит этого парня. Но она не может отрицать тот факт, что он больше ценит свою дружбу.

"Итак, в каком месте вы собираетесь поставить свой киоск?" - спросил Изен.

- В третьем ряду впереди, рядом с озером. И раз уж вы двое здесь, я мог бы сэкономить на рабочей силе.

- Упс. Она совсем не изменилась. Все такой же властный, - прошептал Кристофф на ухо Изену.

- Ага…Похоже, у нас нет выбора.

- Жалуйтесь сколько угодно, но вы оба помогаете мне устанавливать палатку и декорации.

- Да, определенно. Почему мы не хотим помочь? - растерянно спросил Изен

- Кажется, вы оба немного изменились. На этот раз мне даже не нужно было брать хоккейную клюшку, - пошутила она.

- Святой Боже. Даже дьявол будет выглядеть перед ней ребенком", - размышлял Кристофф.

В конце концов, большую часть дня они провели, устанавливая палатку Шарлотты. Это потребовало немалых усилий, но они закончили еще до наступления вечера.

***

- Вы же не собираетесь на праздник в таком наряде, правда? - спросила Шарлотта, когда они укладывали кувшины в корзину.

Айсен и Кристофф посмотрели друг на друга, пытаясь понять, что не так с их одеждой.

- Вы, идиоты, сейчас перепачкаетесь в воде до крови…Здесь будет настоящая драка, пьяные люди будут танцевать и веселиться до рассвета. И имейте в виду, что здешние законодатели будут выглядеть как марионетки, когда это произойдет....", - с вызовом произнесла она, - "Так что вам двоим лучше слиться с этими соотечественниками, или вы будете первыми, кого раздавят".

- Раздавлен? " спросил Изен.

- Ты скоро узнаешь. Но давай сначала купим тебе какую-нибудь одежду, - сказала она с озорной улыбкой на губах.

Поэтому она отвела их к какому-то местному владельцу по имени Зико, который подарил им шорты и легкие футболки. После того, как они вышли, переодевшись, он посмотрел на них обеих: "Шарлотта, твои друзья сегодня будут первыми, кто получит..."

- Раздавленный, - закончила она за него, - я знаю.

"Я думал, мы едем на озеро, а не на какой-нибудь пляж", - пожаловался Изен.

"Да, эти деревенские жители пьют и веселятся шумнее, чем на любой вечеринке у бассейна".

Было 7 часов вечера, когда они подъехали к берегу озера, но перед этим остановились у дома Шарлотты.

"Дай мне 10 минут", - сказала она, поднимаясь по лестнице. - "Я скоро вернусь".

Они оба стояли снаружи, у дороги, а мимо них проходило множество людей. Как ни странно, все они были одеты в повседневную одежду.

- Брю, видишь, эта леди... смотрит на нас, - сказал Изен, указывая на хижину в нескольких ярдах от них.

- Ну, это праздник пива. Все смотрят друг на друга, " ответил Кристофф.

Когда часы пробили десять минут восьмого, они услышали легкие удаляющиеся шаги.

- Вот что я тебе скажу, приятель. Шарлотта - необычная девушка. Я имею в виду, что ей потребовалось буквально десять минут, чтобы одеться. Это какой-то мировой рекорд Гиннесса, - весело сказал Изен.

Однако через минуту все их веселье перешло в восхищение. То есть они были ослеплены. Одетая в красное сетчатое платье, которое ниспадало на ее рваные джинсовые шорты, похожие на цветы, она улыбнулась им, и ее брови явно показывали, что ее забавляет реакция на их лица. Растрепанные локоны украшали ее освежающе сияющее лицо. Но самое главное - эти зеленые глаза. Они взывали к душе человека.

- Тогда давайте отправляться в путь, - сказала она в своей обычной дружелюбной манере.

- Она не обычная девушка. Я говорю тебе это, приятель, - произнесла Айсен, когда они шли позади нее.

- Что ж, давайте проверим это. Ты, кажется, немного прибавила в весе, ” крикнул ей Кристофф.

- Правда?…Когда вы это заметили? - спросила она, поворачиваясь к ним.

- В тот момент, когда я заметил татуировку,

- Какую татуировку? - с любопытством спросила она.

- Прямо по средней линии, чуть выше твоей талии, есть татуировка. Сделано искусным художником.”

- Впечатляющее наблюдение, Кристофер. Что еще ты можешь разобрать? - спросила она вызывающим тоном.

- Я не могу. Я не знаю этого языка, - Кристофф понимающе улыбнулся ей.

“Χριστουφ[3], это какая-то тарабарщина”, - пожаловался Изен.

- Не повезло вам, ребята, - она загадочно улыбнулась и ушла.

Люди могут называть это фестивалем пива, но в этом фестивале есть нечто гораздо большее. Очевидно, что власти не допускают сюда детей, но и в этом нет ничего неподобающего. Там находится гигантский бассейн, который сейчас обустраивается. Готовятся дробовики. Флэшеры готовятся продемонстрировать свои трюки со скатертью наоборот. Продуктовые лавки

---

[3] Χριστουφ: Кристофф на греческом/латыни.

расширяют свое меню. Подводя итог, можно сказать, что здесь царит хаотичный энтузиазм.

С наступлением ночи берег озера заполонили подростки и туристы. Сотрудникам службы безопасности было нелегко справиться с такой огромной толпой. Но в целом вечеринка была в самом разгаре. Ровно в 8 часов вечера, когда торжественно зазвонил церковный колокол, в небе раздался оглушительный грохот. Не успели мы увидеть, как помидоры летают высоко и низко, ударяясь о лица людей, как вишнево-красный цвет залил бассейн.

“Новички”, - закричали несколько местных жителей, увидев, как они въезжают на берег озера.

«Что? Нет, подожди, я родился в сельской местности, - попытался блефовать Изен. Но эти люди меня не слушали.

- Ого! - закричали они в унисон, когда их сбило с ног.

- Удачи вам, мальчики, - попрощалась Шарлотта.

- Брю, у меня нехорошее предчувствие по этому поводу, - с отчаянием в голосе сказал Изен.

“Я тоже”, - ответил Кристофф.

Эти люди привязали каждого из них к круглому столу, края которого были выровнены вертикально по круглой дорожке, которая продолжала закручиваться спиралью наружу и обрывалась по касательной в диаметрально противоположных точках прямо к озеру.

- Пора играть в сквош, народ, - проревел чей-то зычный голос. И не успел он этого сделать, как в них полетели помидоры. Удар за ударом, они продолжали получать удары.

“ Дураки. Начинай катиться, - крикнула Шарлотта откуда-то поблизости.

“хорошо. Изен, двигайся по часовой стрелке. Я пойду другим путем, ” сказал Кристофф.

«Что?» ошеломленно произнес Изен.

- По спирали наружу. Вот и все.

- Но озеро.

- Это либо помидоры для битья” либо озеро.

“ Озеро. Определенно, это озеро.”

“Теперь все в порядке”, - громко закричал Кристофф.

К сожалению, их первая попытка не была синхронизирована, и в итоге они просто пропустили свои касательные удары и в конечном итоге попали друг в друга. У них голова шла кругом, а раздавленные помидоры, которыми в них швыряли, придавали им еще больше энергии.

- Хорошо, Изен, используй свои запястья. Идите по часовой стрелке и убедитесь, что свернули в том же направлении”, - проинструктировал Кристофф.

- Подожди, ты имеешь в виду второго?

- Да, просто начинай действовать.

Через несколько секунд Кристофф тоже приступил к делу. Изен выбрался из первого круга. Теперь настала очередь Кристоффа.

- Сейчас. Синхронизируй это, Майерс”, - Кристофф размышлял снова и снова. И он вышел на вторую спираль.

- Фух. Первый круг закончился.”

“Знаешь что, Кристофф, эти люди воспринимают нас, городских жителей, как нечто само собой разумеющееся”, - крикнул Изен.

"да. Давайте просто схватим эти красные фрукты и швырнем им обратно в лицо.”

“ Ага. Контратака, приятель.”

Они поступили так, как и планировали. Они перекатились, несколько раз были раздавлены, умудрились сорвать несколько помидоров и швырнули их обратно в окружившую их толпу.

Некоторые тупицы с замедленной реакцией были ошеломлены их отпором и подбадривали их.

- Твои друзья сумасшедшие, Шарлотта, - сказал Зико.

- Да, это так. Вот почему они мои друзья, - с признательностью ответила Шарлотта. "Вы двое, давайте покончим с этим", - подбодрила она их.

"Хорошо, Изен, давай просто повторим то, что мы сделали", - сказал Кристофф.

"Да,"

Они поступили точно так же, как и раньше, и открыли для себя два выхода, но на этот раз они покатились колесами прямо вверх по деревянному склону.

- Оуу. Я сейчас умру... - закричал Изен в воздухе.

"Приятель, попробуй приземлиться на спину", - крикнул Кристофф в сторону параболической траектории, прежде чем они оба рухнули вниз.

"Приготовься к удару", - сказал Изен с долбаным юмором.

"Это не фильм "Титаник", я уверен..." Кристофф оттолкнулся, и они упали в воду, которая брызнула прямо на зрителей, обдав их мокрым потом. А что касается их самих, то они были живы.

" Ого! Итак, это сокрушительно. Детка, мне это нравится, " сказал Айсен вслух.

- Тебе это нравится. Минутой раньше ты боялся за свою жизнь, - ответил Кристофф.

После того как местные жители освободили их от узлов, они снова выплыли на сушу, где Шарлотта встретила их своей очаровательной улыбкой.

- Вы двое, в самом деле, чокнутые, - сказала она, обнимая их за плечи. - Десять минут - это самый быстрый результат, который когда-либо был после разгрома. И в довершение всего ты швырнул в них помидорами. Кстати, чья это была идея?

"У Кристоффа", - сказал Изен, пожимая Кристоффу руку, - "Приятель, я у тебя в долгу", - он все еще пытался отдышаться, когда Шарлотта довела их до своего прилавка. Но пока они стояли там, ночной ветерок, трепавший их мокрые платья, заставил их вздрогнуть.

- Хорошо, что я захватила это с собой, - сказала Шарлотта, протягивая им их обычную одежду."

"Да, новые не продержались и пятнадцати минут", - пошутил Изен.

- Это происходит при сдавливании. А теперь идите к стеллажам и поменяйте их, - сказала она, когда к ним присоединился покупатель, - и побыстрее.

- Да, мэм, - ответили они в унисон и ушли.

Одетые в свои обычные наряды, они сидели там, окруженные пьяницами с высоко поднятыми кувшинами пива. Шарлотта приготовила им теплую лапшу-спагетти с маршмеллоу, и они немного успокоились, по крайней мере на время.

Иными словами, после четырех кувшинов теплого бренди они потеряли своего приятеля Айзена и стали абсолютно трезвыми.

"А, вот и он", - сказал Кристофф, когда Айсен углубился в море пьяниц.

Услышав это, Шарлотта слегка улыбнулась и сказала: "Он не изменится. Но как насчет тебя, Кристофф? Я слышал, ты все еще работаешь в "Барроуз".

- Ну, там хорошо платят, и работа достойная.

- И все же...... ремонт сломанных велосипедов и машин не был твоей сильной стороной. Ты был предприимчивым, как парень, который работает в полиции и ловит преступников."

Это на мгновение застало Кристоффа врасплох.

- Ну что ж... ты прав. Я даже подал заявление... но они сочли меня слишком энергичным для работы в полевых условиях. И вот я здесь, чиню... сломанные полицейские машины и все такое прочее на их шикарной штрафстоянке."

При этих словах она вздохнула и, слегка покачав головой, заговорила

- Ты все еще не умеешь лгать, не так ли?

В тот момент, когда эти зеленые глаза заглянули Кристоффу прямо в душу, он занервничал.

"Все в порядке, Кристофф. Если ты не хочешь мне говорить, я не буду давить на тебя. Но не лги мне…"

" Солгать? Кристофф изобразил невинность.

На это она понимающе улыбнулась и затем ответила торжественным тоном:

- Я поехал в Барроуз, чтобы встретиться с тобой. Там я нашла Джеффри, и он вел себя очень странно. Как будто он что-то скрывал. В конце концов, я ушел, но мои подозрения всегда оставались на том же уровне."

- Нет, нет… Он, должно быть, беспокоился, что если тебя увидит какой-нибудь высокопоставленный чиновник, у нас могут быть неприятности из-за отлынивания от работы.

- В любом случае, Кристофф, просто не нарывайся на неприятности.

- Я не буду.

Пока Кристофф сидел безучастный, Шарлотта ушла обслуживать своих клиентов. Среди людей, веселящихся всю ночь напролет, он оказался один, сидя на деревянном инструменте и глядя на бурлящую толпу веселящихся людей. Такова была его жизнь в двух словах — трагическое одиночество.

Через несколько минут он бы даже задремал, если бы не увидел, как какая-то дама втаскивает Изена в комнату.

- Он сошел с ума, - сказала Шарлотта, присоединяясь к разговору.

Но прежде чем Кристофф успел ответить, в комнату ворвался Изен и представил своего новообретенного друга.

- Брат, познакомься со Скарлетт. Скарлетт, это мои друзья, Кристофф и Чарл…

Он был так пьян, что еще до того, как успел должным образом представить их друг другу, заснул на земле.

“Вот тебе и пивной фестиваль; он заснул еще до полуночи”, - ответил Кристофф и усадил его на стул.

“Спасибо, что привели его сюда”, - сказал он даме.

- Не бери в голову. Я только что вспомнил, что видел вас вдвоем в сквош-баре. Когда я обнаружила, что он сильно пьян, я привела его сюда, - ответила дама.

- Что ж... это было мило с вашей стороны, мисс...

Кристофф каким-то образом забыл ее имя.

“ Джойс. Джойс Скарлетт. Это мое имя, - сказала она, протягивая ему руку.

- Я Кристофф Майерс, - представился он, отвечая на ее жест, - а это моя подруга Шарлотта Уитман.

- Шарлотта, - сказала она веселым голосом, - приятно наконец-то познакомиться с тобой. Люди здесь очень восхищаются тобой за то, что ты выступил против брата Диего.”

- Кто такой Диего? - Спросил Кристофф, глядя на Шарлотту.

“Ну, он наркобарон, который управляет этим городом”, - ответила Джойс.

“Шарлотта, ты пошла против брата этого мафиози”, - спросил Кристофф торжественным тоном.

- Беспокоиться особо не о чем. Его приспешники уговаривали меня закрыть гостиницу. Затем, однажды, когда я не уступил, они попытались применить силу. И когда это произошло, ты знаешь о последствиях, Кристофф.”

- Просто так преступников не бьют. Вы могли бы сообщить об этом в полицию.

- Ты что, не слышал, что она сказала? Его брат владеет этим городом.

- Она права. Местные служители закона - всего лишь его марионетки”, - сказала Джойс

- В любом случае, это не оправдывает использование твоей хоккейной клюшки. Запомни это: смелые поступки, какими бы мужественными они ни были, часто приводят к фатальным последствиям, Шарлотта. Будь осторожен.

" Ладно, - сказала Шарлотта, - расслабься. Сейчас время праздника. Давайте не будем углубляться в эти темы.”

"Да. Она права. Сейчас время вечеринки, и я хотела спросить, не могли бы вы двое присоединиться к нам и потанцевать на гала-концерте, - сказала Джойс с надеждой в голосе.

- Танец и он. Это было бы интересно, - сказала Шарлотта, поддразнивая Кристоффа.

“Ну, я немного умею танцевать”, - ответил Кристофф на вызов.

- Так почему бы вам двоим не прийти?

- Не-а…...На меня можешь не рассчитывать. Мне нужно присмотреть за этим стойлом. Но возьми с собой Кристоффа. Будет интересно посмотреть на те сумасшедшие танцевальные движения, которые он придумает”.

Этот ее загадочный смех немного задел Кристоффа.

- Ладно, Джойс, пошли, - наконец сказал Кристофф.

Гнев Жнеца

“Куда делся Кристофф?” - спросил сонный Изен.

- Он пошел танцевать с Джойс, - сказала Шарлотта.

“Итак, ее зовут Джойс...” - пробормотал Айсен, прежде чем снова отключиться.

- Сумасшедший парень, - сказал Зико, который только что присоединился к маленькой Алисии.

- Ты же знаешь, что тебе не следует приводить сюда детей, - предупредила Шарлотта.

“Ну, мне нужно было установить свой киоск, и поскольку матери Алисии сегодня нет в городе, она увязалась за мной”, - объяснил Зико.

- Вот, Алисия, возьми это, - сказала Шарлотта, протягивая ей конфету.

- Спасибо вам, - сказала маленькая девочка.

- Она очень милая, - заметила Шарлотта.

- Да... она пошла за своей матерью, - ответил Зико.

“Мэм, кровавую розу сюда, пожалуйста”, - крикнул покупатель.

- Мэм! - позвал я. Зико улыбнулся.

“ Ага. Они знают, какое наказание полагается за плохое поведение, - сказала Шарлотта, указывая на хоккейную клюшку.

- Да, это довольно сурово, - согласился Зико.

Шарлотта посмотрела на стойку в поисках напитка и поняла, что он у нее закончился.

- У нас закончились розы, мистер, ” сказала она.

“Что ж, если у вас где-нибудь припрятаны какие-нибудь запасы, я и мои друзья готовы подождать”, - весело ответил он.

- Хорошо, просто подожди пятнадцать минут. Я пойду и принесу остальные бутылки, ” предложила Шарлотта.

- Ты идешь в гостиницу? - спросил Зико.

"Да. Просто присмотри за стойлом, пока я не вернусь, ” попросила Шарлотта.

- Конечно, я так и сделаю, - согласился Зико.

Гостиница находилась всего в квартале отсюда, а переулки еще больше сократили бы расстояние. Итак, через десять минут Шарлотта оказалась рядом с гостиницей. Взяв необходимые бутылки, она поспешила по той же тропинке в сторону фестиваля.

- Я вижу, ты снова проснулся, Изен, - заметил Зико.

- Зико, а теперь скажи, куда делась Шарлотта? - спросил Изен.

- В гостиницу. Она вернется в любое время, - ответил Зико.

Как только Зико произнес эти слова, в комнату вбежал его друг Морец.

- Отдышись, приятель, ” сказал Зико.

- Этот Вега… Алехандро Вега и его люди…Я видела их на окраине города, - задыхаясь, проговорила Морец.

“ Вега. Что он здесь делает?” - вслух удивился Зико.

- Кто такой Вега? - спросил Изен, теперь уже полностью насторожившись.

- Брат гангстера, чьих людей Шарлотта избила на днях, - объяснил Зико.

- Тогда от него одни неприятности. И в довершение всего Шарлотта до сих пор не вернулась, - обеспокоенно сказала Изен.

- Да, собери всех чиновников, и давайте отправимся в гостиницу, ” сказал Зико Морецу.

Шарлотта свернула направо, в переулок, ведущий к фестивалю.

“Еще десять минут, и я буду на месте”, - размышляла она.

Как только она вышла из узкого коридора, мимо нее так близко промчался джип, что она потеряла равновесие, и стеклянные бутылки из ящика посыпались на пол.

“Придурки”, - крикнула она в его сторону, и в этот момент мужчина, сидевший на заднем сиденье джипа, уставился на нее. Он дьявольски улыбнулся и крикнул своим приятелям: “Мы нашли ее”.

Как раз в этот момент водитель развернул джип и направился обратно в Шарлотт.

Когда он подъехал ближе, она смогла разглядеть два лица. И это были те самые люди, которых она избила на днях.

Шарлотта не могла убежать, потому что к тому времени, когда она почувствовала опасность, было уже слишком поздно.

Вниз спустились пятеро мужчин, и у каждого из них в руках было по хоккейной клюшке.

Их главарь явно выделялся на фоне остальных своих головорезов и говорил четким, угрожающим голосом.

“Мы пришли, чтобы отплатить вам тем же”, - сказал он.

- Итак, ты просто собираешься напасть на беззащитную леди. Это действительно дешево, - без всякого страха сказала Шарлотта.

“Я же говорил тебе, что она дерзкая”, - сказал один из приспешников.

” Знаешь, что мне нравится в таких дамах, как ты? - Спросила Вега, насмехаясь над ней.

- Я не та леди, с которой ты до сих пор встречался, тупица, ” парировала Шарлотта.

При этих словах он присвистнул и хлопнул в ладоши.

"хорошо. Я восхищаюсь вашей смелостью, леди, ” насмешливо произнес он. - Так что, знаешь что, я дам тебе шанс побороться.

Затем он бросил свою хоккейную клюшку в сторону Шарлотты и сказал: “Подними ее и дерись”.

Шарлотта последовала его приказу и с вновь обретенной уверенностью в голосе произнесла вслух: - Ты пожалеешь об этом, - решительно заявила она, - потому что я изобью тебя до полусмерти. Все четверо громил бросились на Шарлотту, их движения были дикими и нескоординированными. Но она была готова к их непрофессиональным атакам и легко отражала каждую из них быстрыми и точными движениями.

Когда первый громила замахнулся на нее справа, Шарлотта уклонилась от его удара и быстро ударила его локтем в нижнюю челюсть, и воздух наполнился приятным звуком ломающейся кости. Второй громила набросился на нее слева, но ее палка блокировала его удар сверху вниз, а затем быстро развернулась и ударила его тяжелым концом в висок. Третий громила попытался атаковать с ее стороны, целясь ей в ребра, но Шарлотта ответила сильным ударом ноги ему в нос, от которого он отшатнулся назад.

Последний громила, казалось, был чуть более опытен и попытался ударить Шарлотту ногой в живот. Но она умело уклонилась от его атаки, а затем нанесла мощный удар правой рукой, от которого он потерял сознание. Когда последний громила упал на землю, Шарлотта стояла гордо и победоносно, адреналин все еще бурлил в ее жилах.

Наконец, босс остался. Шарлотта подошла к нему и приставила палку прямо к его шее.

- Есть какие-нибудь последние пожелания? - спросила она.

- Дерзкий. И мне это нравится, " усмехнулся он.

- Хватит, - сказала она и начала замахиваться.

Но как раз в этот момент раздался щелчок, за которым последовала тяжесть пистолета, прижатого к ее затылку.

- Игра окончена, сеньорита, - сказал Вега, отбрасывая в сторону клюшку и вырывая ее из ее рук.

Один из его людей подкрался к ней сзади и приставил пистолет к ее голове.

- Отведите ее в переулок, а вы двое охраняйте противоположные входы, - приказал Вега своим людям. - И если кто-нибудь попытается войти, стреляйте в него.

Они выволокли Шарлотту за запястья в коридор, а его люди остались на страже.

***

- Что происходит? - спросил я. - Спросил Кристофф Изена, когда тот вошел на Гала-концерт, и казался очень взволнованным.

"Брат Веги и его люди вошли в Чарринг-Кросс, и они охотятся за Шарлоттой", - громко прокричал он, пытаясь перекричать музыку. Однако его было не очень слышно.

Итак, они покинули берег озера и направились в более спокойные места.

- А что насчет Шарлотты? - Спросил Кристофф.

"Черт возьми, Кристофф. Брат Веги и его люди охотятся за Шарлоттой. Друг Зико видел, как они направлялись к гостинице, - объяснил Изен.

Эти слова вывели его из депрессии.

- Где сейчас Шарлотта? - с тревогой спросил он.

У Изена не было ответа.

- Изен, ты что, не слышишь меня? Где Шарлотта?" в его голосе слышалось огорчение.

"Она пошла в свою гостиницу, но не вернулась, - ответил он. - Зико и чиновники уже ищут ее".

"Что ж, тогда давайте отправимся туда", - сказал Кристофф.

Они быстро сбежали с оживленного праздника и направились к причудливой гостинице. Через каких-то десять минут они уже двигались по оживленным улицам, направляясь на запад. Однако их внимание привлек шум собирающейся толпы у входа в переулок.

Приблизившись, они увидели, как приспешники Веги прижимают Шарлотту к обветренному деревянному столбу, следуя его инструкциям с пугающей точностью.

- Эй, вы там, что это все делаете? раздался голос из переулка.

“Похоже, это шериф, босс”, - сказал охранник справа.

- Как раз тогда, когда он был нам нужен, ” улыбнулся Вега.

- Ты, сходи туда и надень на него наручники, - приказал он одному из своих людей.

Он отпустил Шарлотту, в то время как другой крепко держал ее за запястья.

- Привет, шериф. Боссу нужны ваши наручники, ” сказал приспешник.

“Но леди...” возразил шериф.

- Вы просто беспокоитесь о своей семье, шериф. Я слышал, ваша дочь выросла в очень красивую женщину. Ты же не хочешь, чтобы с ней сейчас случилось что-нибудь плохое, не так ли? - насмехался громила над беспомощным мужчиной.

- Так-то лучше. Отдай мне наручники и молчи. Мы пройдем через это вместе, если ты и дальше будешь таким милым щенком, - засмеялся он, когда шериф вручил ему наручники.

- Отличная работа, - сказал Вега своему подчиненному, когда тот принес ему наручники.

- Свяжите ей руки повыше. Да, именно так. Теперь наденьте наручники на ее запястья, - приказал Вега, когда они прикрепили Шарлотту к столбу.

- Ты самая смелая женщина, которую я встречал до сих пор, - сказал он, обнимая ее за шею.

“И знай: все двенадцать женщин, которые были в таком положении, безжалостно кричали, когда я насиловал их”, - сказал он, глядя ей в глаза, прежде чем поцеловать в губы.

От него исходило отвратительное зловоние, и, прежде чем он успел ответить, Шарлотта сильно ударила его бедром по яйцам.

- Я думаю, тебя там, должно быть, часто пинали ногами. Должно быть, это больно, когда ты больше не можешь иметь детей, - бесстрашно ответила она, когда он отступил, корчась от боли.

- Ты сука. Подожди, я преподам тебе урок, ” выругался он.

- Вот и все. Вы двое идите к входам и наблюдайте вместе с ними. Сейчас я разберусь с этой женщиной, - раздраженно проговорил он.

Затем он схватил Шарлотту за плечи и попытался прижать к себе. Во время этой драки он ударил ее по лицу и продолжал лапать, пока эти царапины не начали кровоточить.

“Она там, внутри. Они перекрыли оба входа и вооружены, - сказал Зико, когда они подошли к переулку.

“Шериф, вы должны остановить их”, - взмолился Кристофф.

- Я не могу“ сынок. Он владелец этого города. Никто не может пойти против него, - ответил чей-то надтреснутый голос.

- Это чушь собачья. За вашей спиной стоит полиция Годдарна. А они просто будут стоять и смотреть. Почему?” - возмутился Изен противоречивым голосом.

“Потому что мы сильны настолько, насколько этого хочет Алехандро де ла Вега”, - ответил шериф.

В этот момент Кристоффа охватила безумная ярость, и впервые в своей жизни Изен увидел, кто такой на самом деле его приятель.

- Значит, ты не хочешь помогать. Тогда, я полагаю, ты тоже не станешь меня останавливать, - серьезным голосом произнес Кристофф.

- Помешать вам в чем? - спросил шериф.

Кристофф бросился вперед, его длинные ноги быстро несли его, когда он поднял хоккейную клюшку одним плавным движением. Тем временем крик Шарлотты пронзил воздух, эхом отразившись от близлежащих зданий. Острая боль пронзила ее тело, заставив вскрикнуть от боли, когда кровь начала стекать по ее ногам на тротуар внизу.

Но Вега был неумолим, он крепче сжал палку и с яростной решимостью разорвал платье Шарлотты. Быстрым движением он развернул ее и прижал к ближайшему столбу, крепко удерживая на месте, пока пытался снять с нее брюки. Каждое мгновение казалось вечностью, пока Шарлотта сопротивлялась его ухаживаниям, отчаянно пытаясь вырваться из его объятий.

Звуки их борьбы эхом разносились по пустынным улицам, создавая жуткую симфонию, которую никто никогда не захотел бы услышать.

На мгновение он как бы остановился и сказал: "Я вижу, у тебя татуировка на талии. Ах, это греческий..."

"Χριστουφ. Так ведь зовут того парня, да? Жаль, что его здесь нет, - громко рассмеялся он.

От одного упоминания имени Кристоффа у нее по спине побежали мурашки. Ее сердце жаждало его присутствия, она надеялась, что он чудесным образом появится и положит конец этому кошмару наяву.

Чиновники вздрогнули и быстро отошли в сторону, когда Кристофф шагнул вперед с яростной решимостью в налитых кровью глазах. Его гнев был подобен надвигающейся буре, готовой обрушить свою ярость в любой момент.

Первый прихвостень, охранявший нужный вход, потерял бдительность, полагая, что сопротивления не будет. Его пистолет свободно висел в руке, когда он наблюдал за приближением Кристоффа, и на его лице появился страх при виде мстительной фигуры перед ним.

- Отвали, - попытался пригрозить он.

Но к тому времени, как он смог положить палец на спусковой крючок, Кристофф бросился вперед, а затем, схватив его за руку с рукояткой палки, вывернул ее вправо, подбросив пистолет в воздух.

Эхо выстрела разнеслось по окрестностям. Но это было только начало.

Сильный удар левой в висок сбил мужчину с ног, и пистолет упал обратно в левую руку Кристоффа. В этот момент, прежде чем кто-либо успел среагировать, он выстрелил второму головорезу в ладонь. Его искалеченные пальцы отпустили пистолет, и вскоре он почувствовал, как хоккейная клюшка обхватила его шею, когда Кристофф потянул его вниз, прямо на свое колено, которое ударило громилу прямо в подбородок, лишая его жизни.

Оставшиеся двое приспешников вышли вперед, чтобы защитить своего босса. Но это оказалось роковой ошибкой.

"Ты, ублюдок, думаешь, что можешь просто войти и убить нас всех", - сказал один из головорезов.

"Хватит разговоров", - сказал Кристофф, выпустив две пули. Тот, который заставил замолчать болтливого мужчину. Другой, который пронзил простреленное плечо последнего прихвостня. Затем, в мгновение ока, каблук клюшки пронзил живот одного из них, в то время как другой получил смертельный удар в шею справа. Когда последний подручный попытался оправиться от этого удара, обратный удар древком клюшки по голове сбил его с ног.

Когда шум битвы стих, воцарилась жуткая тишина. Затем к Веге медленно приблизился звук чьих-то шагов.

"Не подходи", - сказал испуганный Вега, пытаясь приставить пистолет к голове Шарлотты. Но он был слишком медлителен. Прежде чем он успел согнуть руку в локте, пуля попала ему в левую руку, лишив сознания.

- Будь ты проклят! - закричал Вега, когда пистолет выскользнул из его окровавленных пальцев.

Когда фигура идущего мужчины выделилась из силуэта, Шарлотта посмотрела в его сторону.

"Кристофф", - прошептала она, когда слезы покатились по ее израненным щекам.

Видя свою подругу прикованной наручниками к столбу в таком жалком плачущем состоянии, Кристофф не мог вынести унижения, которому она подверглась от рук своего растлителя.

Выражение его лица говорило само за себя, и объект его гнева стоял прямо перед ним.

Он выпустил пистолет и ударил Вегу с такой огромной силой, что набалдашник хоккейной клюшки раскололся от удара в левый висок. Удар ногой прямо по ребрам, за которым последовал сокрушительный удар в челюсть, отправил Вегу в нокаут. Но Кристофф не сдавался. Пока Вега лежал, прижатый к земле, Кристофф продолжал бить его по окровавленному лицу, пока его едва можно было узнать. Еще один удар, и он был бы мертв. Когда он в очередной раз занес кулак, голос Шарлотты остановил его.

"Не делай этого, Кристофф. Пожалуйста, остановись, " закричала она.

- Но он пытался… он пытался изнасиловать тебя, - крикнул он, охваченный противоречием.

- И ты назначил ему наказание. Еще немного, и он умрет, - взмолилась она.

- Он этого заслуживает, - парировал он и поднял руку.

- Может, и так. Но я не могу допустить, чтобы мой друг стал убийцей только для того, чтобы отомстить за меня. Пожалуйста, отпусти его, Кристофф, - ее голос сорвался на рыдание. - Пожалуйста, сделай это, если ты любишь меня.

Эти слова остановили Кристоффа на полпути, прежде чем он выплеснул всю свою боль, ударив кулаком по дороге рядом с лицом Веги.

Когда его гнев угас, он встал и направился обратно к Шарлотте. Там, подобрав пистолет, он выстрелил, сорвав наручники.

Шарлотта была так же потрясена оглушительным звуком, как и он, но Кристофф снял свою куртку и накинул ей на плечи. Затем, с грустной улыбкой, он посмотрел в эти заплаканные глаза, прежде чем прижать ее голову к своему плечу.

- Ты упрямая девчонка, - сказал он, целуя ее в лоб. - Это нормально ” плакать“ когда тебе больно.

Эти слова утешили ее, и она отпустила его, горько плача.

Сердечные струны

В людях есть что-то глубоко укоренившееся. Каким бы сильным человек ни был, однажды жизнь его унизит. Остается только надеяться, что в этот конкретный день у них найдутся друзья, которые подставят свои шеи и помогут им устоять на ногах.

И действительно, он был одним из таких друзей.

К 4 часам они уже сидели в поезде, направлявшемся обратно в Ривьеру. Шарлотта прошла первоначальное лечение, но оставаться на Чаринг-Кросс было неразумным решением, особенно если у тебя вражда с наркобароном, который правит этим городом.

Кристофф сидел напротив Изена, и голова Шарлотты покоилась у него на плече. Она не спала, зациклившись на этих отметинах. Вероятно, эти мучительные воспоминания не давали ей уснуть. С другой стороны, Кристофф был погружен в глубокие раздумья, глядя в окно.

Некоторое время они сидели молча. Но все они были неугомонны. За эту ночь произошло так много событий, что их человеческой логике все еще было трудно сложить эти фрагменты воедино.

- Кристофф, - сказала Шарлотта.

- Да, что случилось? спросил он заботливым тоном.

- Ты можешь спеть мне колыбельную, которую пела Мэри, когда укладывала нас спать?

"Конечно", - ответил он и запел с надеждой в голосе.

"Держись за эти чувства

это делает тебя таким настоящим.

Всегда помни этот смех

это потрескивало внутри тебя.

Оставаться верным себе,

танцуй в дождливый день.

И когда наступит ночь,

вы украшаете небо друг друга.

Потому что внутри каждого из вас

порхает Маленький Ангелочек.

Расцвет чьей-то жизни

с любовью и весельем.

Всегда помни об этих душевных струнах

это соединяет наши жизни.

Ибо в их конце мы будем стоять

жду тебя с распростертыми объятиями."

К тому времени, как Кристофф закончил, Шарлотта задремала у него на плечах.

- Изен, - произнес он осторожным шепотом.

"Если позвонит Джефф, ответь вместо меня", - сказал он, протягивая Изену свой мобильный телефон.

Через некоторое время, когда Айсен пошел в туалет, чтобы умыться так необходимой водой, телефон Кристоффа завибрировал в его кармане.

Он поднял трубку и ответил: "Джефф, это Айзен".

"Изен... Где Кристофф?" - поинтересовался Джефф.

- Он с Шарлоттой. Он не хотел, чтобы его беспокоили. Поэтому он велел мне передать информацию, которую вы передали, " ответил Изен.

"Ладно. Скажи ему, что я навел справки о Веге. По всей видимости, Алехандро де Ла Вега виновен в изнасиловании двенадцати невинных женщин во время акции изнасилований в Реуте, убийстве главного священника Вьетнама и контрабанде наркотиков через Наоми. Этот список можно продолжать, приятель. Не могу сказать, что он сделал что-то плохое, избив его до полусмерти, - сказал Джеффри.

"Нам повезло, что ярость Кристоффа никого не убила", - сказал Изен.

- Да, Изен. Ярость Жнеца - это нечто особенное. Но, согласно отчету нашей наземной команды, все они останутся калеками на всю оставшуюся жизнь, - ответил Джефф.

- Это означает только одно. Старший брат Веги наверняка придет за ним", - отметил Изен.

- Не беспокойся об Алексе. Он уже есть в нашем списке. О нем позаботятся, " заверил Джефф.

- Так вы, ребята, работаете в каком-то секретном агентстве? - спросил Изен.

- Не-а. Я позволю Кристоффу объяснить тебе это. Мы будем в участке в семь, приятель, - ответил Джефф, прежде чем закончить разговор.

***

"Ты должен нам кое-что объяснить, Кристофф", - спросил Изен, присоединяясь к разговору.

"Я делаю?" - Невинно ответил Кристофф.

- Да, это так, - возразила Шарлотта.

- О чем именно?

- Не вздумай дурачить нас, ты, умный Алек. Айсен рассказал мне, как ты победил этих негодяев, " сердито сказала она.

“Я был зол, вот и все”, - Кристофф попытался преуменьшить это.

“Да, гнев Жнеца - это нечто особенное”, - сказал Изен, приподняв брови.

- Джефф? - позвал я. - Спросил Кристофф, криво улыбнувшись.

“Да”

- Послушай, Кристофф, ты можешь либо сказать нам сейчас, либо мы сделаем это раньше Мэри, - пожурила его Шарлотта, пристально глядя своими убийственными зелеными глазами.

"отлично. Не нужно использовать ее, чтобы шантажировать меня, - наконец сдался Кристофф. - Прежде чем я начну, мне нужно, чтобы ты мне кое-что пообещала, - наконец посерьезнел он.

- Продолжай.

- Во-первых. Мэри и все остальные, кого ты знаешь, будут держаться в стороне от этого. Второй. Ты останешься у Барроузов на Ривьере, пока я не разберусь с Вегой.

- Ты это несерьезно, - возмутилась Шарлотта.

- Так и есть.

- Я не позволю тебе рисковать своей жизнью ради меня, - повысила она голос.

“Борьба неизбежна. Диего де Ла Вега придет за тобой, чтобы добраться до меня. У нас есть преимущество. Так что это сыграет нам на руку”.

- Но Джефф сказал, что ваше агентство позаботится о нем. Они даже направили туда наземную группу”, - сказал Изен.

- Код парадокса, Айсен. Наземная команда - это люди Диего. Мы позаботимся. На нашем языке это означает одно. Он придет за тобой. Позаботься о себе сам.”

“Дерьмо”.

- Ладно, теперь, когда мы разобрались с условиями, вот настоящая сделка. "Барроуз" - юридически несуществующая организация, которая работает напрямую с высшими эшелонами власти в каждой стране. Мы - их надежная система. Любая экстрадиция, которая будет соответствовать долгосрочной юрисдикции и юридическим ограничениям, является нашей задачей. Мы являемся обходным путем, неофициальной помощью, о которой знает каждое правительство и которой, при необходимости, воспользуется. Если наших агентов поймают при выдаче объекта, они дезавуируются, а организация держится в строжайшем секрете".

"Это в духе агента 007", - ответил изумленный Изен.

"Да. А для маскировки мы работаем под полицейским управлением по ремонту металлолома."

"Это рискованная работа - охотиться за иностранными преступниками", - прокомментировала Шарлотта.

- Да, но не беспокойся обо мне. Прошло два года с тех пор, как я начал работать в этой области. И в меня ни разу не стреляли, ” заверил ее Кристофф.

” И еще один вопрос, - сказал Изен, “ почему тебя называют Жнецом?

“Вы должны спросить об этом Джеффа, и, похоже, он как раз вовремя”, - сказал Кристофф, когда они добрались до станции "Ривьера".

Когда они вышли из машины, Джеффри и еще четверо человек поприветствовали их в импровизированной манере.

- Ваше агентство не слишком профессионально, - заметила Шарлотта.

- Доверься мне, Шарлотта. Мы лучшие, когда дело доходит до экстрадиции, - ответил Джеффри.

- Их одежда выглядит иначе.

“ Ах, эти люди. Я просто нанял их, чтобы они водили такси по дороге.

“ Четыре такси. По одному на каждого. Великолепно, - весело сказал Изен.

"Верно, за нами наблюдают птицы", - прокомментировал Кристофф.

"да. Диего назначил награду за Шарлотту и практически за всех, кого видели с ней, " сказал Джеффри.

"Это плохие новости", - робко сказал Изен.

- На самом деле, это вкусно. Давайте двигаться, - быстро ответил Кристофф, и они направились к выходу.

" Джефф. Мэри и сиротский приют. Ты позаботился о них?" - спросил Кристофф.

"да."

" Отлично. Итак, Шарлотта и Изен, когда мы выйдем на улицу, вы увидите четыре такси. Выберите каждый для себя и присаживайтесь."

- Ого, мы разделились, чтобы они не могли легко нас выследить, - сказал Изен

Услышав это, Кристофф дьявольски улыбнулся, прежде чем они сели в свои такси.

"Босс, они вчетвером сели в разные такси", - сказал подручный.

- Прикажи своим людям следовать за ними. Они заманивают нас в ловушку. Но мы их всех поймаем, " произнес мстительный голос.

- Да, - ответил громила, выполняя его указания.

- Сколько бы такси вы ни взяли, вы не сможете превзойти числом охотников за головами, преследующих вас.

Четыре такси, как и ожидалось, разъехались на перекрестке, но все они совершили роковую ошибку. Они отправились в пустынные районы центра города. И это все упрощало.

Когда такси свернуло на пустынную боковую дорогу, головорезы окружили его и остановили. Водитель сдался под дулами автоматов. Теперь оставалось только одно.

Из машины вышел подручный и открыл дверцу. Однако все, что он обнаружил, - это большое круглое отверстие, вырезанное прямо внизу, а к заднему сиденью была прилеплена записка.

У него зазвонил сотовый, и его коллеги нашли пустую машину с запиской, на которой был такой же номер, как и у него.

- Все здесь? - спросил Кристофф, когда Изен, Джеффри и Шарлотта сели в машину.

"Да", - ответила Шарлотта.

" Отлично. Поехали, - сказал он, заводя черный внедорожник.

"Ты выкинул какую-то безумную штуку", - смеясь, сказал Изен.

"Это довольно просто, Изен", - ответил Кристофф.

- Да, он позвонил мне ночью и велел подогнать эти такси. Специально разработанный в нашем техническом отделе, с черными очками и отверстием, если вы его узнаете. Мы специально припарковали их над открытым отверстием для технического обслуживания, через которое вы только что спустились", - объяснил Джеффри.

"И ваши коллеги прикрыли это после того, как мы спустились", - сказала впечатленная Шарлотта.

"Именно так",

"Итак, это твоя работа, Кристофф", - заметила она.

" Ага. Но это только начало", - сказал он сосредоточенным тоном и продолжил движение.

Потребовался час, чтобы добраться до полуразрушенного здания, которое затмевало истинную идентичность Бэрроузов. И как только они вошли, их встретили любопытные взгляды, поскольку все люди внимательно рассматривали их. Изен и Шарлотта стояли там, явно нервничая, пока Джеффри и Кристофф не вошли следом за ними.

- Не стой просто так. Следуйте за мной, - сказал Кристофф, поспешно сворачивая в правый коридор.

Как только он произнес эти слова, все сотрудники мгновенно возобновили свою работу и быстро последовали по стопам Кристоффа прямо в его кабинет.

"Джефф, раздобудь данные о взрыве в Гринвиче", - сказал Кристофф, стоя у стеклянной витрины и осматривая улицы.

Следуя инструкции, Джеффри порылся в своем ноутбуке и быстро ответил

"Ювиско Хелински, эксперт по взрывчатым веществам с дистанционным управлением, был обвинен в массовом убийстве в связи со взрывом в Гринвиче. Его нынешнее местонахождение неизвестно, но он объявлен в розыск за государственную измену и шпионаж против Великих.

- Он был на вокзале. Я помню его лицо."

- Ну, он не из тех, кто гонится за наградами.

"Нет. Он, должно быть, работает на Диего. И это означает только одно, Джефф.

"Диего спланировал резню".

- Ага, и он идет за нами.

Эта дискуссия рассказала им о серьезности нависшей над ними опасности. На мгновение Шарлотте показалось, что она сама виновата в сложившейся ситуации.

Кристофф, вероятно, понял это и сказал: "Я закрою этот вопрос, Шарлотта. Никто не пострадает. Это мое слово, данное тебе".

"Как ты собираешься это сделать?" - спросил Изен.

- Когда змея ранена, она укусит все, что подвернется под руку. Я собираюсь использовать эту животную склонность людей".

- Ты пойдешь за ним один, не так ли? - спросил Джеффри.

" Ага. И, похоже, он заглотил наживку, - сказал Кристофф, когда в офисе зазвонил телефон.

"Вы поступили глупо, оставив свой номер телефона", - произнес смертоносный голос.

- Я бы сказал, что мы обойдемся без формальностей, Диего. Твой брат принял мое приветствие. Итак, давайте сразу перейдем к делу, - холодно ответил Кристофф.

- Дело в том, что ты думаешь, что у тебя все под контролем. Но позвольте мне предупредить вас. Боль, которая вот-вот будет причинена тебе, будет непостижимой".

- Ты хорош в хвастовстве. Однако я предлагаю встретиться и решить этот вопрос раз и навсегда.

- Встретимся, скажем. Что заставляет тебя верить, что я позволю тебе уйти живым?"

- Потому что у меня есть то, чего нет у тебя, а у тебя есть то, что нужно мне. Обмен. Вот и все.

" Из газет. Итак, у тебя все получилось. Это сделало бы сделку возможной. Но чего же ты хочешь от меня?"

- Две вещи. Но я расскажу тебе об этом, когда мы встретимся.

- Тогда очень хорошо. Приходи сегодня в пять на фабрику Хогана. И я надеюсь, вы знаете здешние законы.

- Конечно, хочу. Это будет настоящее зрелище, - загадочно улыбнулся Кристофф, кладя трубку.

- О каких бумагах вы говорили? - спросила Шарлотта.

- Те, что я получил от его брата. Там есть информация обо всех его кассах в этой стране. Имена его партнеров, лазейки, через которые выводятся его деньги, - в общем, все, что нужно, чтобы прижать его к стенке.

- Тогда передайте это в полицию. Они поймают его, " сказал Изен.

" Ага. Они арестуют их прямо на фабрике Хогана. Это просто, " присоединился Джефф.

"Нет. Это должен быть я".

"почему? Он убьет тебя, как только ты отдашь ему бумаги, - возмутилась Шарлотта.

- Он этого не сделает. Верь в меня. Это выходит далеко за рамки мести за то, что я сделал с его братом. Однако мне просто нужно выяснить причину. Для этого мне придется встретиться с Диего.

С этими словами Кристофф отправился на фабрику, не обращая внимания на их опасения.

Хоган располагался на окраине Ривьеры. Раньше здесь производили судовое оборудование, но оно было заброшено на десять лет после того, как разлив нефти на побережье Кью уничтожил всю морскую флору и фауну. Иными словами, без рычагов воздействия у Кристоффа не было никаких шансов на спасение.

Он съехал на обочину, и там стояла машина.

Когда заходящее солнце осветило фасад здания, Кристофф глубоко вздохнул, вспоминая события, которые привели его в это место. Честно говоря, это, безусловно, была самая большая загадка в его жизни.

Он вошел внутрь, когда сумерки окутали окрестности. Кромешная тьма с потоками лунного света, просачивающимися сквозь разбитые тонированные окна, украшала это мрачное место. Холодный ветер обдувал его затылок, пробуждая обостренные чувства. Он перестал успокаивать свои расшатанные нервы. И как только он сделал шаг вперед, луч лазера ударил ему прямо в лоб.

“Ты знаешь, что ты либо самый умный человек, либо самый большой дурак из всех, кого я встречал до сих пор”, - вкрадчиво прошипел чей-то голос.

“Все еще скрываешь свою личность”, - невозмутимо ответил Кристофф, - “Или мне следует сказать… Скарлетт”.

- Чудесно, - захлопала в ладоши Джойс, выходя из тени на лунный свет. Ее темно-красные глаза сверкали, а загадочная улыбка говорила сама за себя.

“Ты достоин этого титула, Кристофф”, - сказала она, подходя к нему.

- Впечатляющий фасад, Скарлетт. Весь мир охотится за мужчиной, в то время как женщина бродит у всех на виду, дергая за ниточки из тени. Но этого и следовало ожидать от вдохновителя Гринвичской резни.

- Я отдаю тебе должное, - она встала перед ним, - честно говоря, я не думала, что парень, с которым я танцевала прошлой ночью, окажется Жнецом Смерти.

- Ты упустил прекрасный шанс убить. И я тоже. Но это в прошлом. Настоящее - это то, что меня волнует".

Она стояла неподвижно, обдумывая его слова.

- Итак, что же меня выдало?

- Твое любопытство. Отвлекает меня от Шарлотты и выпытывает информацию обо мне у Изена. Именно так и поступает браконьер.

Ее темно-красные глаза пылко смотрели на него, когда она придвинулась ближе и, затаив дыхание, поцеловала его.

- Я не смогла устоять, - сказала она, удаляясь. - Ты первый, кто превзошел меня. Вот почему ты будешь жить.

Лазер у него на лбу погас. В ушах у него эхом отдавался стук чьих-то ног, а глаза выжидающе уставились на фигуру, появившуюся за плечом Джойс.

Пистолет был в руках его лучшей подруги Изабель.

" Удивлена, " прошептала Джойс ему на ухо, - И, чтобы ты знал, она вызвалась добровольцем.

" Вызвался добровольцем. Это твой изощренный способ заставить людей повиноваться тебе.

"Это твоя потеря, Кристофф. А теперь передай мне бумаги.

Он не потрудился ответить ей. Глаза Изабель умоляли его подчиниться.

- Документы, Кристофф, - дерзко потребовала Скарлетт.

"Пленник", - отчетливо произнес он своему другу, прежде чем передать Джойс свой козырь.

" Видишь. Это твоя слабость, Кристофф. Твои друзья. Я понял это в тот момент, когда встретил тебя на Чарринг-Кросс. Вот почему я взял мужа Изабель в заложники.

Кристофф молчал, как будто ждал, что что-то произойдет. И не пройдет и минуты, как этот благоприятный момент наконец настанет.

Звонок мобильного телефона нарушил тишину, которая так зловеще нависала в этой атмосфере одиночества. Он принадлежал Джойс.

Выражение ее лица мгновенно изменилось, когда над камерой прогремел выстрел, и было слышно, как ее приспешники спешат на помощь, крича: "Это ловушка. Мы окружены".

"Как ты..." - Впервые Кристофф увидел страх в глазах Скарлетт, и было заметно, как дрожит ее рука, когда сотовый соскользнул на землю.

- Ты ошибаешься. Это не моя слабость. Мои друзья - это моя сила. В противном случае, кто в здравом уме стал бы рисковать своей жизнью, оставаясь заложником, только для того, чтобы привести нас к вашему убежищу? Пока вы держали Хосса в плену, Изабель оставалась вашей марионеткой. Но теперь эта ниточка оборвана, - дерзко заявил Кристофф.

И вот так просто все изменилось.

Изабелл направила дуло пистолета Джойс в голову.

"Как только твой любовник выйдет на свободу, ты взбунтуешься против меня", - презрительно бросила Джойс.

"Вас переиграли. Прими свое поражение, - сказала Изабель с новой уверенностью.

"Похоже, что так оно и есть на данный момент", - признала Джойс, стиснув зубы в мстительной гримасе.

Позже в Хоган прибыли чиновники из "Бэрроуз", чтобы забрать Джойс в тюрьму, где ей, вероятно, предстояло провести остаток своей жизни.

Поцелуй дудочника

- Ну, так почему бы нам не поиграть вместе?

“Да, это было бы приятнее, чем размышлять здесь в одиночестве”, - присоединился Изен.

- Тебя не беспокоит, что Изабель ушла? Кристофф угрюмо ответил:

“Ну, это так. Но ты помнишь, как мы часто ссорились из-за того, кто на ней женится?

“Да, и однажды мы спросили ее мнение по этому поводу”.

“Она выбрала меня”, - ответил Хоссе.

"В самом деле? Я, кажется, не могу вспомнить почему.

- Потому что я выше тебя, Кристофф, - ткнул в него пальцем Хоссе, ”

- Слишком много для того, чтобы судить о человеке по его росту, ” пожаловался Кристофф.

“Видишь ли, Кристофф, мы будем поддерживать с ней связь. Я почти уверен, что однажды у нас будут все эти крошечные устройства связи, чтобы в будущем откровенничать друг с другом”.

- Ну, по крайней мере, теперь я знаю, что твой флирт станет цифровым. Может быть, прямо к случайным девушкам на разных континентах в одно и то же время.”

“ Флирт и я. Я честный парень, Крис. Когда я вижу симпатичную девушку, я говорю ей, что она прекрасна. В отличие от тебя, который держится за чувства, не признаваясь в них.

“ Чувства и я. Разве тебе не столько же лет, сколько мне, чтобы давать советы по отношениям?”

- Но я же не глупая.

- А я кто такой?

"да. В противном случае, кто в здравом уме не может понять, что есть девушка, которая по уши влюблена в тебя? И каждый раз, когда ты кажешься грустным, она становится угрюмой.

- И кто же она такая? - непонимающе спросил Кристофф.

- Изен, все здесь знают, кроме нашего Шерлока, - взволнованно сказал Хоссе.

- Неужели это так очевидно? - Серьезно спросил Кристофф.

- Это как 12-я заповедь Моисея, ты, Эйнштейн. Ты нравишься Шарлотте.

- Я нравлюсь твоей сестре? - Удивленно переспросил Кристофф.

"да. А теперь, может быть, ты пойдешь и поговоришь с ней? Это поднимет ей настроение.

- Но она всегда ведет себя так дерзко и властно. До сих пор я думал о ней только как о друге. Но это все меняет. Я не могу больше разговаривать с ней небрежно, зная, что нравлюсь ей.

- Ты слишком много думаешь, приятель, - метко заметил Изен.

" Хорошо. Поскольку ты мой друг и в этом замешана моя сестра, я скажу тебе вот что. Обычно она не любит, когда ее дополняют, если только это не исходит от меня. И, видя, что ты ей нравишься, я предлагаю тебе сделать то же самое.

- Итак, я говорю ей, что она выглядит прелестно, когда командует нами своей хоккейной клюшкой. Я не могу этого сделать. Я не умею лгать. Мои постукивающие ноги выдают меня с головой."

"Это правда, он мастер врать", - сказал Изен.

Они все обдумывали решение, прежде чем Хоссе достал из кармана розу-самоцвет и сказал: "Отдай это ей. Сегодня День святого Валентина. Это поднимет ей настроение.

- Где ты это взял? - спросил я. - С любопытством спросил Кристофф.

- Это называется "Жужжащая роза". Флорист сказал, что как только вы подарите это кому-нибудь, вы станете связаны на всю жизнь."

- Ну, ты вручил мне Жужжащую Розу. Это значит, что мы братья на всю жизнь".

- Ну, мы не будем, если ты еще немного подождешь, прежде чем отдать это Шарлотте, - Хоссе ткнул пальцем в ее сторону.

"Хорошо, я ухожу".

Шарлотта сидела на качелях в 25 ярдах от меня, опустив голову и глядя на свою тень. Кристофф попытался подойти к ней со спокойным видом. Но его сердце бешено колотилось, когда он стоял перед ней.

Он собрал все свое мужество и поднес розу к ее опущенному лицу. Удивленная, она подняла на него свои проникновенные зеленые глаза.

- Что это? - спросила она.

- Гудящая роза. Подумал, это тебя подбодрит.

- Роза? Ты ведь в своем уме, верно?"

- Да, конечно, это так. В конце концов, у кого еще хватит смелости подойти к тебе с розой?"

- Только такой идиот, как ты, - сказала она, улыбаясь в ответ.

Одного дня было достаточно, чтобы изменить их жизнь. Друзья, семья и любовь. Кого вы выберете, когда выпадет жребий? Не могу себе представить, чтобы я мог принять такое решение, не дрогнув. Но вот какой отважный Кристофф. Никто не предвидел приближения зимы. Тот, который не оттает в течение десяти лет. Но было несколько мгновений Мераки, и они благодарили Бога за то время, когда они все еще были вместе впятером.

- Тебе не следовало рисковать своей жизнью? Шарлотта говорила искренне.

" Это было необходимо, - ответил Хоссе, обнимая ее. - Слава богу, что он был рядом.

"Все хорошо, что хорошо кончается", - размышлял Изен за этих двоих.

Тем временем Изабель и Кристофф горячо спорили.

- Ты держал меня в неведении.

- У нас не было времени. Кроме того, ты бы все равно не согласился.

- Ты заставил меня наставить на тебя пистолет, Кристофф. Ты хоть представляешь, как я был напуган? И усугубьте это тем, что Хоссе находится в плену. Почему вы, два болвана, должны поступать так безрассудно?”

- Успокойся, Изабель. Все закончилось хорошо, верно?” - попытался выступить посредником Хоссе.

- Ну, а что, если этого не произошло? Вы двое не можете и дальше доводить меня до нервного срыва. Я больше не в состоянии это терпеть.

- Ну, юристы все время спорят. Эти срывы - часть твоей жизни”, - дурачился Кристофф.

“Может быть, это нормально для юриста - спорить, но не для матери”, - наконец выдала секрет Изабель.

Услышав это, Хоссе пришел в восторг, Кристофф перестал дурачиться, а Шарлотта заключила Изабель в объятия.

- Ну, и как долго? - спросил беспокойный Конь

- Около месяца.

“Месяц.... Боже милостивый, я должен был догадаться, когда ты отказался от мартини на прошлой неделе.

- Ты тоже понятия не имел, Кристофф, не так ли? - насмехалась Изабель.

“ Ага. Сегодня ты действительно превзошел меня. Так что в качестве подарка. Хоссе освобождается от своих обязанностей в компании Barrows. Со следующей недели он будет работать менеджером в Hewlett Designs”.

- Дело не только в Хоссе. Я хочу, чтобы ты нашел гораздо более безопасную работу, Кристофф. Вы нужны нам как ее крестный отец.

“Итак, это девочка”.

- Да, у меня даже есть на примете имя для нее. Сара."

- Красивое имя, - признал Хоссе.

- Это значит "радостная принцесса". В некотором роде ей идет, " заметил Кристофф.

Шарлотта, однако, оставалась кроткой. В ее глазах светилась любовь, но Кристофф не разговаривал с ней с момента своего приезда. Теперь, когда их взгляды встретились, Айсен понял, что им нужно побыть наедине.

"Кристофф, после всего этого переполоха мне понадобится стакан, чтобы остыть", - сказал Изен, вздыхая.

- Я надеялся, что ты это скажешь, приятель. К счастью, поблизости есть гостиница. Давай отправимся туда."

С этими словами Кристофф вышел из комнаты, избегая Шарлотту. Этот парень все еще был застенчив. И в ее зеленых глазах читалась тоска. Изен знал, что должен вмешаться.

- Пойдем, Шарлотта. Давайте оставим этих будущих родителей в покое".

- Да, Изен.

Когда они шли по коридору, Изен задал ей неизбежный вопрос: "Шарлотта, как давно ты знаешь Кристоффа?"

- Это странный вопрос, Изен.

- Ответь на него.

- С детства.

- А он когда-нибудь умел открыто высказывать свое мнение?

- Думаю, что нет.

- Тогда что же, черт возьми, мешает тебе признаться ему в своих чувствах? Я имею в виду, что уже 2 года вы, ребята, не встречались и не разговаривали. А наш Кристофф слишком застенчив, чтобы признаться в этом.

- Ты прав, Изен. Иногда мне хочется смахнуть эту обезоруживающую улыбку с его красивого лица. Я сам даже не знаю, за что я люблю этого мерзавца.

- Если бы ты мог найти свой путь к любви с помощью разума, то это была бы не любовь. Забавно, что даже наш разум пытается оправдать эту совершенно бессмысленную эмоцию. Но мы не должны разлюбить Шарлотту. Потому что любовь - это лучшее, что мы делаем, особенно когда совершенно не понимаем, почему?"

- Это глубоко звучит в твоих устах, Изен.

- Нет, это слова Мэри. Она попросила меня передать это вам.

- Что ж, это так на нее похоже.

" Мэри. Она - ниточка, которая связывает нас всех, где бы мы ни находились", - размышляла Шарлотта.

- А вот и он, - сказал Изен, когда Шарлотта увидела, что Кристофф смотрит на уличные фонари впереди. - Я оставляю вас двоих наедине. Скажи ему. Хорошо."

- Приятель, мне нужно свалить. Только что звонил мой босс с работы, - притворился Айсен.

" Действительно. Что ж, это впервые. Я предпочитаю службу выпивке, " пошутил Кристофф.

- Ну, нам всем нужен первый опыт. Не так ли?" - Спросил Изен, глядя на Шарлотту. - В любом случае. До свидания."

И вот они были там — только они двое.

Когда они стояли у "Бэрроуз", на тротуар уже опустились густые сумерки. Там они все ждали и ждали, когда же друг с другом заговорят. Но, возможно, слова были не совсем подходящими для этого.

Во время своего отсутствия Шарлотта скучала по нему. Время от времени это веселое лицо вызывало у меня странное чувство детской нежности, но теперь оно переросло все границы.

Говоря о воспоминаниях, она очень живо вспомнила один конкретный день.

Она училась в колледже, когда у нее появилась возможность посетить Ривьеру во время двухнедельных каникул. Это было время их первого воссоединения, которое она отчетливо помнит по одной причине. Когда она появилась в "Маленьких ангелочках", все тепло встретили ее. И все же, не хватало одного бесчувственного придурка Кристоффа Майерса.

" Кого-то ищешь? - спросил Изен.

- Ты знаешь, кто, - сказала она с ностальгией

- Все по-старому, Кристофф. Он никогда не приходит вовремя.

- Что ж, он встретит нас на вокзале, - сказал Хоссе.

" Станция?

- Мы едем на экскурсию в Серен. Возможно, вы захотите присоединиться к нам, "

"конечно".

В тот вечер атмосфера за обеденным столом была приподнятой. Разговоры о времени, проведенном порознь, о будущем, ради которого все работали, были написаны в очень оптимистичном тоне. Но так было не всегда. Бывали дни, когда на обеденном столе у них было несколько панировочных сухарей, виноград и стакан молока. Дети были в те мрачные дни, когда Мэри и остальные изо всех сил старались присматривать за ними.

Пока все сидели и рассеянно ели, погруженные в свои мысли, один парень засовывал две виноградины себе в рот и демонстрировал впечатляющий вид, что подавился.

Тогда Мэри немедленно подбегала к нему, и все дети окружали этого идиота.

- Иккинг, привет... чашка.

"Сколько раз я тебе говорила, чтобы ты не глотала виноград, не прожевав", - сказала встревоженная Мэри.

И как раз в тот момент, когда его собирались угостить, он бросал две виноградины прямо в живот Изену, проглатывал отскоки, прежде чем разжевать их и тут же проглотить.

"Просто так, бабушка", - говорил он невинным голосом.

Эти театральные выходки заставляли их смеяться, а что может быть лучшим средством в трудные времена, чем отшучиваться?

“Да, именно так”, - сказала приободрившаяся Мэри.

“Он все еще ребенок. Но он стал таким взрослым, - сказала Марта Мэри.

- Он быстро учится. Выплеснуть всю грусть, слегка запинаясь, и впустить все улыбки с новой силой. Я никогда не думала, что он сам будет учить меня моим собственным урокам, - сказала Мэри, глядя на этого полного надежд ребенка.

И теперь Шарлотта сидела, глядя на пустой стул, оставленный на случай, если Кристофф зайдет.

- Он будет там. Ругай его сколько хочешь, - сказала Мэри, поняв ее пристальный взгляд.

На следующее утро они оказались в поезде, направлявшемся в Серен. У них было две минуты, чтобы покинуть платформу, но он все еще не появился.

- Что этот идиот делает? - спросил я.

- Он стажер на авторемонтном заводе в Барроузе. Он только что присоединился к нам вместе с Джеффри”, - сказал Изен.

- И все же... ” ее прервал свисток поезда.

- Мы уезжаем, - Хоссе присоединился к ним у входа в поезд.

Колеса покатились черепашьим шагом, и она испустила вздох отчаяния.

- Тупица, - отругала она его.

Как только она потеряла надежду и повернулась к тележке, в ее ухе раздался громкий звуковой сигнал.

Кристофф и Джеффри, одетые в классические красные джемпера, сидели на заднем сиденье, а шофер сидел за рулем, стараясь не отставать от медленно набирающего скорость поезда.

“Эти два идиота действительно знают, как появиться на публике”, - заметил Хоссе.

В неистовой манере этот вагон продолжал подавать звуковые сигналы, когда проезжал рядом с платформой поезда, вызывая переполох.

"Вы сумасшедшие", - крикнул один пешеход, едва увернувшись от мчащегося автомобиля.

- Извините, - крикнул Джеффри.

"Джон Труман, на счет "три" ты замедлишься и синхронизируешься", - проинструктировал Кристофф.

Они встали на заднее сиденье и прошли мимо них.

- А мы не можем просто остановить поезд?

" Нет. Ни одна рука не остановится на этом Сиреневом экспрессе, - возразил Изен.

- Хорошо, 1, 2 и 3. Ударь по нему, - крикнул Кристофф, когда они подстроились под скорость поезда.

"Кристофф, сделай это быстро. У нас заканчивается платформа", - сказал ошеломленный Джеффри, глядя вперед.

" Изен, отойди назад.

Именно нервничающий Джеффри первым прыгнул ко входу в "Сирен".

"Джон, спасибо тебе", - сдержанно сказал Кристофф, прежде чем сесть в поезд.

- Фух.... это было близко, - сказал Джеффри, все еще дрожа.

- Как раз вовремя. Кристофф в своей учтивой манере отмахнулся от инцидента.

Услышав это, Шарлотта слегка ударила Кристоффа по голове со словами: "Перестань улыбаться, ты, обезьяна, прыгающая с машины на машину".

"Это было больно", - пожаловался Кристофф, похожий на ребенка.

С течением времени его актерское мастерство становилось все лучше. Настолько, что Изен и Шарлотта смеялись над этим всю дорогу.

"Все такой же хулиган", - сказала она ему.

- Извините, что заставил вас ждать.

"Твои действия все исправили, Кристофф. Просто никогда больше так не делай.

"конечно".

Теперь их совместное путешествие было завершено. Кристофф Майерс, Изен Хьюз, Шарлотта Уитман, Джеффри Шпигель и Хоссе Джин Хоффман. Они были близкими друзьями. И эта экскурсия не могла быть лучше.

- Итак, кто был тот водитель?

- Это Джон. Он такой же стажер, как и мы.

- Этот красный джемпер. Чья это была идея?

- Ничья. Мы застряли в пробке, поэтому просто въехали на платформу, прежде чем увидели, что поезд отправляется".

- Импровизация, да? Это круто."

Несмотря на всеобщее веселье, Шарлотта почувствовала, что путешествие было слишком коротким. Да, они обсуждали многое, и все же в Кристоффе была какая-то загадочность, которая интриговала ее. Его глаза изменились. Они знали, как солгать Мэри. Но не перед ней.

- Ты говоришь, в Курганах. Чему ты там учишься?"

"Основы того, как разобрать ветхую машину, починить ее и продать как совершенно новую вишневую".

это так? Скажи это, снова глядя мне в глаза,"

- Зачем мне это делать?

- Потому что твоя левая нога постукивает по полу. Твои глаза не моргают. И самое главное, ты не остановился. Это упреждающий удар."

" Нет. Это правда, - он поступил умно. Но это было все.

У нее больше ничего этого не было.

- Я не говорил, что это ложь. Если вам нужно держать его поближе к жилету, держите его при себе. Но никогда не притворяйся передо мной.

- Ладно... Ты детектив, пытливый в самоанализе. Я расскажу тебе об этом в свое время.

Однако это был последний раз, когда они говорили о его профессии.

Предаваясь воспоминаниям, они прогуливались по тротуару, разговаривая о пустяках, намеренно избегая того, что волновало их сердца, пока взгляд Шарлотты не остановился на сверкающем букете цветов.

Ничего не сказав, она прервала разговор и направилась прямиком к цветочному магазину.

“Куда ты идешь?” спросил Кристофф, поворачиваясь назад, когда заметил ее отсутствие.

“ Розы. Я хочу купить такой же.”

Там она купила всего одну розу. Но это было прекрасно. Мужчина назвал ее "Жужжащая роза" по какой-то причине, о которой она не потрудилась спросить.

- Сияющий и прохладный, - заметил Кристофф.

“Совсем как я”, - сказала она, прежде чем приколоть голубую блестящую розу к лацкану пиджака.

“Дай и мне такую же”, - сказал Кристофф, покупая розу.

- Итак, что же нам теперь делать? - спросила она его после того, как они бесцельно брели в ночи.

- Давай загадаем желание. Ты ведь помнишь Фонтан Гилмора? Ну, они изменили его, но я думаю, что он по-прежнему исполняет желания”, - сказал он с ностальгией.

Теперь фонтан находился рядом с озером Ривьера. В старые добрые времена они бросали монетку, желая, чтобы она принесла им удачу.

Озеро, окруженное нависающими соснами, казалось безмятежным. В центре импровизированной копии Стоунхенджа стоял Гилмор. Там был лестничный пролет, который спиралью поднимался к вершине статуи, довольно высоко, рядом с ветвями сосны, украшенными неоновыми монетками, свисающими с их кончиков.

“Интересно, не для того ли архитектор спроектировал это, чтобы старики не могли здесь мечтать”, - пошутила она.

“Изысканность бросается в глаза, но только в том случае, если не нарушается простота”.

- Это глубоко. Но да, было бы лучше, если бы мы могли просто бросить монетку, стоя на земле”.

Но когда они добрались до вершины платформы, то обнаружили надпись, вырезанную на коре дерева.

- Обращаюсь к старым и молодым: бросая монету, смотрите на небо на севере.

- Хорошо, давай попробуем это. Мне любопытно посмотреть, что спроектировал архитектор”, - сказала она, прежде чем достать неоновую монету.

- Я тоже.

Когда они закрыли глаза, чтобы загадать желание, монета стала казаться им тяжелой. С течением времени им казалось, что их желания давят на них все сильнее. Затем, когда они открыли глаза и уронили эти монеты, позади них сверкнула яркая вспышка. Послышался плеск воды, и они увидели, как сверкающая звезда пролетела по ясному ночному небу и упала в озеро Ривьера.

Шарлотта придвинулась поближе к сосне, чтобы получше разглядеть звезду. Но, к сожалению, он исчез.

- Есть какие-нибудь объяснения, Кристофф?

“конечно. Некоторые усилители эха были созданы путем окружения сосен и подключены к микрофону у поверхности фонтана. Соедините это со скрытой голограммной проекцией, и вы почувствуете себя настоящим, как будто звезда действительно упала, чтобы исполнить ваше желание”.

- Неплохая дедукция. Итак, что же ты загадал?”

- Ты не раскрываешь своего желания, Шарлотта. Это личное с самого начала”.

- Ну, я мечтала о союзе, - сказала она вслух.

"Возможно, это будет исполнено, раз ты не против высказать свое желание", - сказал Кристофф, когда их разговор прервал звонок, и так получилось, что ее желание, возможно, уже исполнилось.

Было 10 часов, когда Шарлотта и Кристофф прибыли в гостиницу "Каверли Инн".

- Значит, Джефф занимается лечением? - спросила она.

" Ага. Сегодня его день рождения. Все ждут. Давайте войдем."

Войдя, они увидели своих друзей, сидевших за угловым столиком. Там были Кара, Эванс, Хьюго, Элис, Нойра, Стивен и их приятель Джефф. Для них было зарезервировано два места.

Теперь общение было завершено, и у них был роскошный ужин, сопровождавшийся ободряющими речами и надеждами на будущее. Однако Шарлотта запомнила тот день по другой причине.

***

Это был день поцелуя дудочника.

Пока Кристофф изо всех сил старался разрядить обстановку, произошло нечто неожиданное.

Парень-флорист, работавший с ними в тот вечер, сидел за столиком напротив них и нервно поглядывал на даму за прилавком.

"Она ему нравится", - бессознательно сказал Кристофф.

- Что? - переспросил Джеффри.

- Ничего.

Кристофф увидел, что флорист держит в сжатой руке что-то вроде небольшого подарка.

- Извините, я отойду на минутку, - сказал он им и подошел к столику флориста.

Присев напротив него, Кристофф спросил: "Это кольцо, не так ли?"

Сначала флорист его не вспомнил, но в конце концов в его голове вспыхнула лампочка.

- Ты! - удивленно воскликнул он.

- Тсс. Не говорите громко. Итак, как давно вы знаете эту леди?

- Какая дама? - флорист изобразил невинность.

- Послушай, я не эксперт в любви. Но по тому, как ты на нее смотришь, ясно, что она тебе нравится.

- Но я не знаю, знает ли она.

- Послушай, лучше признаться в своих чувствах и быть разочарованным, чем никогда не получить такой возможности.

- Ты знаешь. Я старше вас, но вы кажетесь мудрее, " с улыбкой сказал флорист.

- Нет, возраст не дает мудрости. Это делает опыт.”

- Пожалуй, я пойду и сделаю ей предложение.

- Нет, нет, подожди. Она тебя знает?”

- Да, она моя соседка. В настоящее время она учится на врача и работает здесь неполный рабочий день, чтобы оплатить учебу.”

- Что ж, это интересно, но давайте не будем трогать кольцо. Как насчет цветка?

“ Цветок. У меня его нет.”

- Какой же ты глупый флорист! Знаешь что, у меня есть идеальный цветок.”

Кристофф порылся в кармане своего сюртука и наконец достал розу.

“Жужжащие розы”, - восхищенно сказал флорист.

- Ладно, ты сказал мне, что я найду в этом какую-то пользу. Пойди и передай это ей.

Флорист сделал так, как сказал ему Кристофф, и вот что произошло:

Дама за стойкой была очень хорошенькой. Сначала флорист запнулся, не находя слов, но потом все же произнес: "Триша".

Дама посмотрела на него, и в ее глазах мгновенно вспыхнул огонек.

" Николас, - сказала она веселым голосом, - что ты здесь делаешь?

"Я... Я просто... пришел отдать тебе это.

Он показал ей розу, и выражение его любви было очевидным.

- Это прекрасно, - сказала она, беря розу из его рук.

Обычно в такие моменты хочется выпить, и роль Кристоффа идеально подходила для этого.

Он подошел к владельцу магазина и поболтал с ним.

- Ты знаешь. Как насчет бесплатной выпивки для всех от этого человека? - спросил Кристофф, протягивая ему деньги.

"Нужно сделать что-нибудь особенное", - сказал владелец.

- Конечно. Дама за вашим прилавком. Дай ей это вино, но убедись, что в нем лежит это кольцо.

- Что-нибудь еще.

"Да."

Все приготовления были сделаны, и можно было бы задаться вопросом, почему было столько шума из-за того, чтобы подарить кольцо. Но вот в чем дело: вы не можете просто так ввалиться, подарить кольцо своей соседке и сделать ей предложение. Нужно создать соответствующую атмосферу. Помните, как бы сильно женщина ни любила мужчину, это не имеет значения. Она всегда хочет, чтобы он не только сделал первый шаг, но и сделал это величественно и элегантно.

А Николас, флорист, был слишком простодушен для такого рода вещей. Таким образом, Кристофф решил немного помочь ему.

Кристофф сел рядом с Джеффри, и они принялись расспрашивать о его маленьком приключении.

"Я знаю, у вас много вопросов, но подождите", - сказал он им.

Через пять минут на каждом столе и стойке были расставлены бокалы с вином.

- Что это? - спросил я. - спросила Триша официанта.

- Это от этого человека, - сказал он, глядя на Николаса.

Очевидно, Николас был удивлен не меньше ее, но сохранил самообладание.

"Это от тебя?" - спросила она его.

- Да... Да. Сегодня твой день рождения."

"спасибо".

Она медленно пила вино, и Кристофф испугался, что она может проглотить кольцо. Но, к счастью, этого не произошло. Только когда остался глоток, она заметила это, и на ее лице отразилось удивление.

" Мило... - удивленно произнесла она.

В этот момент весь свет в магазине погас, и свет софитов упал прямо на Тришу и Николаса.

Официант передал Кристоффу микрофон, и он озвучил предложение.

" Все. Мистер Николас хочет сделать предложение мисс Трише. Поэтому я прошу всех вас поддержать этого парня своими наилучшими пожеланиями".

Музыкант исполнил специальную песню в честь Дня святого Валентина, и все хором воскликнули: "Триша, пожалуйста, прими кольцо Николаса".

Кристофф заметил, что лицо Триши покраснело, и очаровательная улыбка украсила ее и без того красивое лицо, словно звезда, украшающая рождественскую елку.

Медленно, но верно Николас попался на удочку и спросил ее: "Ты выйдешь за меня замуж, Триша?"

Музыка стихла. В следующие мгновения воцарилась тишина, и все затаили дыхание, пока она не заговорила:

"Да."

Внезапно свет снова зажегся. Снова заиграла музыка, и в гостинице раздался взрыв аплодисментов. Работа Кристоффа там была выполнена. Когда они уходили, Николас и Триша поцеловались.

“Тебя действительно трудно понять”, - сказала Шарлотта, когда друзья прощались.

– Почему это? - спросил я. - Спросил Кристофф, заинтригованный.

Услышав это, она вздохнула и взяла его за руки: “Давай прогуляемся к Маленьким ангелочкам”.

Когда их пальцы переплелись, Кристофф ощутил необъяснимое тепло. Он уже миллион раз видел, как она улыбается, но сегодня ее проникновенные глаза сияли радостью и убежденностью.

Они шли и шли, пребывая в нерешительности. Так сильно, что не было произнесено ни слова. И все же в ту ночь между ними возникла связь, которая выдержала испытание временем.

“Итак, вот и все”, - сказала Шарлотта, когда они стояли перед приютом.

“ Ага. Поприветствуй Мэри от меня, - сказал Кристофф, прежде чем повернуться, чтобы уйти.

В этот момент она рывком притянула его к себе, и он почувствовал, как ее дыхание обдало его лицо. И прежде чем он успел заговорить, она поцеловала его, заставив просиять.

Этот момент стал лучшим воспоминанием, которое запомнил только Кристофф. Он переживал это заново каждый день. Именно эта надежда придавала смысл его жизни.

Когда она удалялась, на ее лице расцвела искренняя улыбка.

“Всегда хотела это сделать”, - наконец призналась она.

- Шарлотта...

“Кристофф Майерс, я люблю тебя. Всегда любил и всегда буду любить. Спасибо тебе за то, что ты есть в моей жизни”.

С этими словами она убежала в дом, не дожидаясь его ответа.

На этом история о поцелуе дудочника заканчивается. В тот день Кристофф понял, что любовь - это прекрасно. Это болезненно, это причудливо, и это единственный опиум, который нужен человеку, чтобы жить дальше. Конечно, это требует жертв, но он знал одно: любовь - сама по себе награда.

Полярная звезда

За день до помолвки, в 7 часов вечера, у Кристоффа зазвонил телефон. Это был его друг Хоссе, который просил его прийти в "Хьюго Гоунс".

"Привет, Кристофф, это Хоссе. Мне бы очень пригодилась твоя помощь в выборе платья для Изабель, " сказал он.

"Конечно, встретимся там через час", - ответил Кристофф.

"Спасибо, чувак", - сказал Хоссе, прежде чем закончить разговор.

Час спустя, в сумерках, Кристофф прибыл в "Хьюго Гоунс". Два платья, которые показал им продавец, были одинаково потрясающими, но ни одно из них не шло ни в какое сравнение с тем, что привлекло внимание Кристоффа ранее. Он стоял на манекене у окна, его дизайн излучал блеск и элегантность.

"Этот идеален", - сказал Кристофф продавцу.

- Вот этот? Это классика, но современные платья в наши дни пользуются большей популярностью у дам", - ответил продавец.

"Что ж, современное или классическое, но это платье определенно то, что нам нужно", - вмешался Хоссе.

Приняв решение, они купили платье и поблагодарили продавца перед уходом.

- Спасибо, что пошли со мной, - сказал Хоссе, когда они стояли у двери.

"Без проблем, рад помочь", - ответил Кристофф, прежде чем отправиться на неторопливую прогулку по тротуару. Минут через десять-пятнадцать он услышал, как Хоссе окликает его сзади. Он обернулся и увидел, что к нему подбегает Хоссе, заметно запыхавшийся.

"что случилось?" - С любопытством спросил Кристофф.

“Мне только что позвонил менеджер по оформлению... ему нужна моя помощь в оформлении кое-чего. Ты можешь передать это Изабель от меня?” - затаив дыхание, спросил Хоссе.

“Конечно”, - сказал Кристофф после недолгого размышления. Хоссе назвал ему адрес Изабель и снова поспешно ушел.

Пока Кристофф шел к ее дому, в его голове роились разные мысли. Сам того не осознавая, он обнаружил, что стоит перед ее воротами. Ему потребовалось мгновение, чтобы собраться с мыслями, прежде чем постучать в дверь.

“Я уйду, как только отдам ей это”, - напомнил он себе.

Подняться по семи маленьким ступенькам на крыльцо было нелегко. Он позвонил в колокольчик и подождал, пока Изабель ответит.

Когда она открыла дверь и радостно поприветствовала его, он почувствовал укол вины. “Хоссе звонил раньше и сказал, что ты приедешь”, - воскликнула она. ” Пожалуйста, заходите в дом!

“Мне действительно нужно идти”, - настаивал Кристофф.

- Кристофер, ты никогда раньше не был у нас в гостях. Пожалуйста, останься ненадолго, ” взмолилась она.

- У меня есть еще кое-какие дела, о которых мне нужно позаботиться, - начал он, но она перебила его своей искренней просьбой: ”Пожалуйста, только ради меня”.

В ее глазах была мольба, и Кристофф видел, что она действительно хочет, чтобы он остался.

- Хорошо, - согласился он.

- Спасибо, - весело сказала она и, взяв его за руку, повела внутрь.

Ее дом был роскошным и нетронутым. Но, прежде всего, ее родители были действительно благородными и любящими людьми.

- Привет, молодой человек. Приятно, что я наконец-то встретил тебя, - сказал ее отец.

- Да, Изабель часто говорит о тебе, - похвалила ее мать.

- Что ж, очень мило с твоей стороны сказать это. Но на самом деле она хороший человек, и она относится ко мне с таким уважением”, - ответил Кристофф.

- Я говорила тебе, что он был полон мудрости, - сказала Изабель, присаживаясь рядом с ним.

“Да, это так”, - сказала ее мать.

“Итак, Кристофф, я знаю, что это личный вопрос, но когда ты планируешь пожениться?” спросил ее отец.

- Ну, сэр, я еще не нашел эту девушку. Когда я это сделаю, и если позволит судьба, я обязательно это сделаю, - ответил Кристофф.

- Все еще не замужем, - пошутила Изабель.

“Это постоянно временная вещь”, - ответил он.

- Но все же. Дайте нам представление о том, какие девушки вам нравятся. Кто знает, может быть, мы знаем такую девушку?” настаивала ее мать.

“Знаешь, это смущает”, - сказал Кристофф.

- Нет, это не так. Расскажи нам, - настаивала ее мать.

“...Кто-то, кто доверял бы мне, что бы я ни делал...И все же у него хватает смелости дать мне пощечину, когда я допускаю ошибку...Да, кто-то, чья любовь ко мне так же очевидна, как и ее гнев”, - описал Кристофф.

“Ну, это действительно трудно найти”, - ответила Изабель.

В конце вечера Кристофф удостоился чести присоединиться к семье Изабель за ужином. После этого он вернулся к себе домой с тяжелым сердцем. Лежа в постели, он не мог не думать о том, как сказал Изабель, что еще не нашел ее.

“Это была ложь”, - подумал Кристофф. - Лицо Шарлотты никогда не выходило у меня из головы с того самого дня, как я уехала из приюта к Бэрроузам. Она слишком дорога мне, и я не могу потерять ее. Но я знаю, что не всегда буду рядом, чтобы защитить ее.

Вскоре пришло время для церемонии помолвки. Кристофф и Джеффри рано закончили свою работу и вернулись в свою квартиру.

- А где же подарок? - спросил я. - Спросил Кристофф.

- Он у бабушки, - ответил Джеффри. - Мы забыли вынуть это из ее сумки, когда высаживали ее в тот день.

“Хорошо, тогда давайте быстро собираться”, - сказал Кристофф.

- Согласен, - кивнул Джеффри.

Переодевшись в свои лучшие наряды, они вышли из дома и поймали такси. Им потребовалось два часа, чтобы добраться до дома Мэри, где она ждала их на улице с подарком.

Такси остановилось прямо перед ней, и Кристофф открыл стекло, чтобы увидеть Мэри, одетую в свой обычный наряд. “Бабушка, что случилось? Ты разве не идешь?”

- Нет, я не смогу прийти. Ребенок заболел, ” сказала она ему.

“Опекуны могут присмотреть за ребенком”, - сказал Кристофф.

“ Нет. Со мной только Маргарет. Все остальные ушли по разным делам, - объяснила Мэри.

“Изабель будет чувствовать себя неловко”, - сказал Кристофф.

- Нет, она поймет. Передай ей этот подарок и скажи, что я ее благословляю, - ответила Мэри.

Вручив Кристоффу подарок, они быстро запрыгнули в такси и направились в сторону Авеню Айленд. Путешествие туда было долгим, но как только они прибыли, то поняли, что оно того стоило. Все это место было украшено богато украшениями, достойными королевского дворца. В центре раскинувшейся лужайки, украшенной мерцающими огнями, был устроен роскошный банкет. Когда такси спускалось по горной тропинке, они заметили лагуну, из которой состоял Авеню-Айленд.

Когда они приблизились к воротам, они осветили окружающую их тьму. При въезде их встретила не мощеная дорога, а скорее пирс над водоемом. По обе стороны пирса росли высокие деревья, образуя навес, простиравшийся на довольно большое расстояние. Их ждала гондола, чтобы отвезти на вечеринку.

Они проплыли сквозь навес и вскоре оказались у величественной виллы, стоявшей посреди большой освещенной лужайки. Сойдя с гондолы, они стали искать своих друзей, и им посчастливилось найти Хоссе, который тепло приветствовал их.

- Я вижу, вы двое пришли пораньше, " саркастически заметил он.

"Мы еще счастливее оттого, что находимся здесь", - ответил Джеффри.

"Где Изабель?" - спросил Кристофф.

"Она на лужайке, в окружении гостей", - ответил Хоссе, прежде чем заняться другим гостем.

Когда они пробирались сквозь толпу к своей подруге, Кристофф мельком увидел ее. Она выглядела восхитительно в платье, которое он видел на ней ранее. Она была похожа на ангела, самая прекрасная девушка на всей земле. Увидев, что они приближаются, она извинилась перед другими гостями и подошла поприветствовать их.

- Вы двое. Я так долго ждала тебя, - сказала она.

"да. Вот, это подарила бабушка, - сказал Кристофф, протягивая ей подарок.

Прежде чем она успела ответить, их прервал гость, и родственники скрыли их из виду.

- Похоже, она счастлива, - сказал Джеффри.

"Да, это действительно так", - ответил Кристофф.

Они побродили по залу, любуясь окрестностями, и, наконец, присоединились к остальным участникам банкета.

- Пальчики оближешь. Еда восхитительная, - сказал Джеффри, когда они стояли в углу тускло освещенного помещения.

"Да, ешь сколько влезет", - ответил Кристофф.

Они стояли там и с аппетитом ели. Но Кристоффу пришлось признаться, что его друг был заядлым едоком, и в мгновение ока его тарелка опустела, после чего он отправился за добавкой еды.

Итак, Кристофф стоял там один, прислонившись спиной к темному небу, и анализировал каждого. Именно в этот момент чей-то голос застал его врасплох.

- Наконец-то ты пришел, - произнес женский голос.

Он повернулся на бок и увидел, что она одета в красное платье. Она выглядела поразительно привлекательной — светлая кожа в сочетании с темными волосами и сияющим лицом, которое дополняли ее сногсшибательные зеленые глаза.

"Привет..." Это было все, что Кристофф смог сказать.

- Два года. Никакого контакта. И единственное, что ты говоришь, когда видишь меня, это "привет", - Шарлотта казалась задетой.

У Кристоффа не было ответа на этот вопрос. Поэтому, как и все умные школьники, когда их допрашивают, он предпочел промолчать.

"Кристофф, выйди из своей депрессии", - сказала Шарлотта, размахивая руками.

- Да, - Кристофф, казалось, наконец вернулся к реальности.

- Ты, шут гороховый, давай прогуляемся, - сказала она, взяла его за руки и повела к тротуару, огибавшему авеню Фоллс.

- Ну, как дела на работе? - спросила она.

- Э-э... Ну, мы ремонтируем машины круглый день. На самом деле, это довольно скучно, - ответил Кристофф.

- Ты всегда хотел путешествовать. Так почему же ты решил остепениться? - Спросила Шарлотта.

"Ну, знаешь, все меняется", - сказал он.

- Не-а. С тобой ничего не меняется, - сказала она с улыбкой.

- Что это значит? - спросил я. - Спросил Кристофф.

- Это значит, что ты все еще не умеешь лгать, - сказала она, останавливаясь перед ним.

“Ты видел, как я притопывал ногами, да”, - заметил он.

“ Ага. Вот почему я хочу это знать? - она, наконец, ухватилась за его слабые нервы.

“Ты любишь меня, Кристофф?”

На мгновение Кристоффу показалось, что время застыло на месте. Все звуки вокруг него растворились в небытии, и все, что он мог видеть, - это напряженность ее взгляда, который искал ответ в его душе. Человек, который заставлял его сердце биться быстрее, стоял прямо перед ним и спрашивал, почему он всегда колебался, когда речь заходила о романтических отношениях. Он не мог солгать, но и сказать правду тоже не мог. В тот момент молчание было его единственным ответом. Но Шарлотта всегда могла читать его, как открытую книгу.

- Иногда слов недостаточно, - сказала она с загадочной улыбкой.

“Спасибо”, - ответил Кристофф.

- Ты должен поблагодарить за это Мэри. Ты не можешь прожить всю свою жизнь в одиночестве, Кристофф. Ты проповедуешь о любви и надежде, но держишь себя в изоляции от других”, - сказала Шарлотта.

“Это парадокс моей жизни”, - ответил Кристофф.

- Что ж, я надеюсь, что когда-нибудь этот парадокс разрешится, - нежно прошептала она.

- Может быть, однажды так и будет. Но давай пока поговорим о чем—нибудь другом - что происходит в твоей жизни?” он спросил.

- Я все еще блуждаю. Часть меня хочет исследовать каждый дюйм этого мира, в то время как другая часть ищет место, которое можно назвать домом”, - объяснила Шарлотта.

- Почему бы не сделать и то, и другое? - предположил Кристофф.

“Разве это не было бы жадностью?” - спросила она.

- Вовсе нет. Сердце хочет того, чего оно хочет. А ты - свободный дух с ненасытной жаждой жизни, - ответил он.

“И это говорит сдержанный человек с непревзойденным взглядом на мир”, - с восхищением ответила она.

- Ты все еще помнишь это? Кристофф заметил это.

- Как я мог забыть? Эти слова врезались мне в память с тех самых пор, как мы услышали их от той гадалки. Мне трудно расстаться с ними”, - призналась Шарлотта.

Это возбудило любопытство Кристоффа, и он резко остановился как вкопанный. Взяв Шарлотту за руку, он притянул ее ближе к себе, застав врасплох. Слезы навернулись на ее зеленые глаза, когда они стояли на холодном ветру, их дыхание смешивалось. Нежно заправив ее волосы за ухо, он напомнил ей об их обещании, которое заставило гадалку с восторгом заявить: “Казалось бы, они противоположны, но им суждено быть вместе”.

- Ее надежда с крыльями феникса и ваша твердая, как титан, решимость действительно изменят не только вашу, но и судьбу этого мира”.

“Ты отказываешься отказываться от меня, не так ли?” - заявила зрелая девушка, у которой жизнь отняла смелость.

- Даже если эти крылья будут скованы цепями, Шарлотта, сожги их, если нужно, и освободи себя. Феникс восстает из пепла, как и ваш интерес к жизни”, - сказал Кристофф.

Набежавшие слезы наконец потекли по ее раскрасневшимся щекам, когда она, плача, обняла его.

“Никогда больше не покидай меня”, - сказала она.

“Мне жаль”, - ответил Кристофф.

- Ты ушел, не сказав ни слова. Не отвечал на мои звонки, отказывался встречаться со мной и продолжал уклоняться от любых попыток связаться с тобой. Может быть, все это не причинило бы такой боли, если бы не то время, которое мы провели вместе той весной, - сказала Шарлотта.

- У всех нас есть свои причины, Шарлотта. Как только придет время, я все тебе расскажу, - заверил ее Кристофф.

- Я ненавижу тебя, Майерс, - нежно сказала она.

- Кого еще может ненавидеть такая милая девушка, как ты, кроме меня? он ответил.

"Вы совершенно не понимаете моей ненависти", - решительно заявила Шарлотта, и ее голос был унесен усиливающимся ветром и радостными криками зрителей. Это был последний раз, когда Кристофф держал ее в своих объятиях, прежде чем вмешалась судьба. Или, скорее, он отдалился от нее.

У Джеффа была привычка появляться в неподходящий момент, но в тот день на Авеню Айлендз Кристофф был благодарен ему за вторжение. Это напомнило ему о его истинной сущности, которая могла привести к неприятностям. Всякий раз, когда Шарлотта называла его по имени, Кристоффу приходилось сдерживаться, чтобы не раскрыть правду о ее прошлом. Она не была сиротой, и Хоссе тоже это знал.

- Джефф, ты чокнутый придурок, ты идеально рассчитал время. Возможно, твоя судьба вот-вот изменится, - съязвил Кристофф. "Угу..." Джефф улыбнулся Шарлотте, когда она ушла в себя.

"Гитлер влюбился в еврейку. И она - настоящая находка. Ирландские волки воют сегодня ночью под голубой луной. Кто бы мог подумать, что ненависть может скрывать такую страстную любовь? Джефф задумался, глядя на Шарлотту.

"Приятель, однажды я спущу на тебя этих волков", - игриво пригрозил Кристофф.

"Я надеюсь, что ты это сделаешь, потому что тогда ты станешь приманкой, которая приведет меня к моему будущему", - ответил Джефф с озорным блеском в глазах, глядя вперед, на собирающуюся толпу.

"Я люблю такие свадьбы, как эта - полные жизни и волнения. Давай присоединимся к ним.

Кристофф повернулся к Шарлотте и сказал: "А ты, моя дорогая, просто будь собой. Ваша энергичная натура, скрытая за вашей очаровательной внешностью, поможет вам справиться с тем, что произойдет сегодня вечером."

Сбитый с толку и заинтригованный своими загадочными словами, он попросил разъяснений. Но Кристофф просто улыбнулся и сказал: "Ты разберешься с этим. Я верю в тебя". И с этими словами он оставил ее в раздумьях.

"Кристофф..." Джефф заговорил серьезно.

- Полегче, приятель. Никто не пострадает, " заверил его Кристофф.

- Идиот, я знаю это. Он охотится за тобой, - Джефф остановился на полпути.

"Именно так"… итак, давайте начнем", - ответил Кристофф.

- Подумай об этой штуке с приманкой. Мы можем использовать приманку, - предложил Джефф.

"Нет. В первый раз мы были спасены. Он нацелился на нее. Я не могу рисковать снова, - сказал Кристофф.

- Открытое приглашение для снайпера. Боеголовка, пожар, весь этот ад вот-вот вырвется на свободу", - предупредил Джефф.

- Сначала мы посетим свадьбу. Так что тебе лучше улыбнуться, приятель, - сказал Кристофф.

Хоссе и Изабель стояли у алтаря, полностью погруженные в свои свадебные клятвы. Перед ними стояло это собрание выдающихся людей. Предприниматели-футуристы, яркие техники Polaris, изобретатели пиротехники Wright и государственные деятели из всех слоев общества, не говоря уже о наследнике Братского двора этой страны. И их работа состояла в том, чтобы обеспечить беспрепятственное проведение этой церемонии.

"Берете ли вы, Хоссе Джин Хоффман, Изабель Фостер в законные жены?" - спросил священник, ожидая ответа Хоссе, который стоял как вкопанный.

Он был ужасно задумчив. В конце концов, они выбрали день его свадьбы, чтобы устроить ловушку для человека, стоящего за взрывами в Гринвиче.

- Эй, приятель, раскрути эту штуку. Даже черепаха быстрее уползет обратно в море", - сказал Кристофф в скрытый микрофон Хоссе.

- ...Да, я знаю, - тихо сказал Хоссе.

- Боже, ты только посмотри на него. Самый откровенный парень среди нас, нарушителей спокойствия, разучился разговаривать", - присоединился Джефф, чтобы скрасить этот редкий случай.

- Забудь о разговорах; после того, как все это закончится, он всю жизнь будет подвергаться критике. Бедный парень. Не успел он вступить в брак, а его болтливый кокетливый рот уже закрывается на молнию", - пошутил Стивен, осматривая окрестности из чердачного окна часовни.

" Хоссе. Это точка зрения женатого парня. Любое дерзкое замечание, которое ты захочешь добавить, - продолжал подкалывать его Кристофф.

К сожалению, Хоссе не смог ответить. Он произносил свадебную клятву, а они дергали его за ноги. Это было единственное воспоминание, которое они будут вспоминать в дальнейшем.

Тем временем священник спросил Изабель: "Берешь ли ты этого человека в законные мужья?"

На мгновение воцарилась тишина, и все, включая Хоссе, уставились на Изабель, затаив дыхание в ожидании ее ответа.

"Да, я знаю", - ответила она после преднамеренной паузы, о которой ее попросил Кристофф.

Это вызвало комичный вздох облегчения у Хосса, который заставил Кристоффа сдержать смех.

"Кристофф, ты сделал это", - заключил Эванс. Он отвечал за эти крошечные взрывы.

"да. А теперь давайте поговорим серьезно. 27 минут, ребята. Эванс, ты организуешь экстрадицию с этими диверсиями. Джефф, тем временем, обезопасит все выходы с Авеню Айлендз. Стивен выследит цель, как только я его выманю. Команда логистов будет ждать в доках; они помогут с эвакуацией. И, Хоссе, у тебя самая простая работа. Приготовься принять пулю за свою любимую жену", - проинструктировал Кристофф.

Церемония прошла по плану. Их приятели были женаты. Теперь люди обедали на банкете, а Хоссе держался рядом с Изабель. Время почти подошло.

- 60 секунд. Я преподнесу тебе этот подарок. Стивен и Эванс должны быть готовы, " сказал Кристофф.

Он подошел к центру лужайки, где стояла пара. Стивен внимательно следил за любым непредвиденным движением. Там никого не было.

- Это подарок. Достань это из кармана, Кристофф, - проинструктировал кто-то.

Кристофф огляделся в поисках девушки, которая была ключом к их плану. Шарлотта стояла неподалеку от тисового дерева и разговаривала. Он пристально посмотрел на нее, когда она осознала его присутствие. Ее брови вспыхнули, когда он ответил на ее нежную улыбку.

"Давайте начнем", - сказал Кристофф.

Не успел он достать подарок, как мужчина, одетый в костюм, бросился вперед.

- 9 часов, - предупредил Стивен.

Эванс инстинктивно активировал первый заряд. Взрыв на трибуне вызвал настоящий хаос.

Внимание нападавшего на мгновение переключилось. И когда он повернулся, Стивен аккуратно выстрелил сквозь толпу прямо ему в шею.

- Один готов, осталось еще четверо. Дикий удар из твоего 7-го. Будь начеку, - проинструктировал снайпер.

Кристофф бросился вниз, уклоняясь от удара, прежде чем сбить его с ног коленями. Остальное было работой Стефа, который вытащил его на полпути к падению.

Тем временем Хоссе стоял на страже возле Изабель, и второй взрыв заставил растерянную толпу спуститься к заливу Авеню-Айленд.

"Джефф, прикрой выход", - приказал Кристофф.

"Уже на месте", - ответил Джефф.

"Хорошо", - признал Кристофф.

Следующая часть обещала быть сложной. Щелкаю выключателем и передаю устройство Изабель. Хоссе незаметно пронес посылку, пока они все направлялись к северной части территории собора, где их ждала Шарлотта.

"Что случилось с этими взрывами и теми людьми, которые напали на вас?" - спросила напряженная Шарлотта.

"Понятия не имею, просто пытаюсь остаться в живых", - честно ответил Кристофф. - "У тебя в сумочке есть носовой платок?"

"Я не ношу с собой сумочку", - смущенно ответила она. - "Ты уже знаешь это".

- Вот, возьми это, - сказала Изабель, снимая один из них с лацкана пиджака мужа.

Кристофф обменялся понимающим взглядом с Хоссом, пока две женщины пытались разобраться в ситуации, в которую они попали.

- Хоссе, ты видишь мужчину, приближающегося слева от тебя? - спросила Стеф.

- Подтверждаю. Это мой брат, " ответил Хоссе.

- У него в заднем кармане пистолет. Спрячься, - предупредила Стеф.

"Изабель и Шарлотта, быстро прячьтесь за то дерево", - крикнул Кристофф, надевая свои ужасные перчатки. "Когда я досчитаю до трех, пригнитесь".

Этого человека звали Алехандро, также известный как Алекси. Он руководил картелем для своего брата Диего де ла Веги, который действовал под кодовым именем Диего. Четыре года назад Диего вышел из-под контроля, и именно на его место Бэрроуз завербовал Кристоффа.

- Во-первых, он тянется за "магнумом". Во-вторых, он прицеливается. Три, он нажимает на спусковой крючок, ” подсчитал Кристофф.

Громкий выстрел разнесся в воздухе, и Хоссе вовремя пригнулся. Алехандро прицелился снова, но на этот раз наткнулся на проволоку, обмотанную вокруг его запястья. Кристофф активировал заряд, и электрический разряд пробежал по его рукам, заставив его выронить оружие.

“Достань его дротиком”, - проинструктировал Кристофф Стеф через микрофон.

- Хоссе, жилет на месте, - проверила Стеф.

- У меня просто жаркий вид. Проводи меня, - сказал Хоссе, возвращаясь к своему шутливому тону.

“Оставь это на потом”, - ответил Кристофф.

Эванс поджег предпоследний заряд в соборе. Его цель - отвлечь их друзей в цитадель.

- Я уничтожил четвертого. Последняя - твоя, - сказал Стеф, целясь в брошь Хоссе, под которой лежала пачка крови.

Их целью был Ювиско Хелински. Организатор этого безжалостного геноцида. Его присутствие здесь было гарантировано устройством, которое Кристофф передал Хоссу. Его пароль был у Шарлотты в голове. Тот, который Кристофф намеренно укреплял на протяжении всех их совместных лет.

В эту брачную ночь царило столпотворение, когда собор начал рушиться. Троица продолжала продвигаться к цитадели, где был запланирован заключительный акт.

- В 10 часов. Одетый в черное мужчина с каштановыми локонами. Он твой парень, - сообщил Джефф.

- Спасательные шлюпки готовы, Джефф. Вытащи этого парня из братства. Я перехвачу нашу цель у входа, ” ответил Кристофф.

Под поместьем цитадель был бункер. Рядом с ним пролегал туннель, ведущий к берегу озера, где их ждала спасательная лодка.

" Хоссе повел их по северному коридору. В конце правого прохода есть железная дверь. Заставьте их сделать это до того, как произойдет обвал, - передал Кристофф по внутренней связи.

Ювиско спешил к каменному входу, нависавшему над знаменитым поместьсм, в котором проходили свадьбы монархов. Он выдержал испытания столетий и бесчисленных войн, на которых стояла эта страна, — образец мастерства для архитекторов прошлых лет.

"Как жаль, что это наследие разлетелось вдребезги!" - сказал Эванс.

"Мы делаем то, что требуется. Оставь свои чувства в стороне, - ответил Кристофф.

Когда рыжеволосый парень приблизился, Кристофф натянул перчатки, прежде чем намотать проволоку ему на шею. Его руки мгновенно замерли на петле, когда он понял, во что ввязался.

"Рад наконец-то познакомиться с вами", - сказал он невозмутимо, прежде чем повернуться к Кристоффу.

Темно-красные глаза зловеще уставились на Кристоффа, когда холодный ветерок повлек эту "Безумную ночь" к неожиданному завершению.

- Где Диего? - спросил я. - спросил Кристофф.

"В устройстве, которое у вас есть, есть все это", - непоколебимо ответил Ювиско.

- Зачем ему это понадобилось?

- За этим охотится весь мир. Так или иначе, тебе придется выбрать Кристофера."

- Я уже сделал выбор, - сказал он.

- Это хорошо. Ибо твой характер будет испытан до конца,"

Действительно, он был прав. Последствия этого события попали на первые полосы ГАЗЕТ. Решение Кристоффа внесло грандиозный сумбур в план, который до этого момента тщательно выполнялся.

“Кристофф, проход безопасен”, - сообщил Джефф.

“Подготовьте это”, - сказал Кристофф, прежде чем отключить все коммуникации.

Он отпустил загривок и убрал проволоку — выбор, сделанный в тот момент, который определил судьбу бесчисленного множества людей.

“Сдавайся”, - сказал Кристофф.

"почему?” - спросил Ювиско.

- Потому что ты невиновен, - сказал я.

Прогремели взрывы, сотрясшие остров, и монумент рухнул. Хоссе вывел группу девушек из ближайшего туннеля, как и было запланировано. Стеф внимательно следила за его брошью, когда они вышли к ручью и направились к берегу. Джефф, скорее всего, позаботился о том, чтобы все гости благополучно вернулись на материк. Все, что оставалось Эвансу, - это доставить их в безопасное место на спасательной лодке.

Диего, бродяга, которого во время его недолгого пребывания в "Барроуз" называли Пантерой, был известен своими безупречными выдачами. На самом деле он был ключевым участником проекта Polaris, целью которого была защита одного человека - его создателя. Однако спустя два десятилетия проект внезапно завершился, предположительно из-за смерти Ньюмана Ридса, которого Диего должен был охранять.

Некоторые предполагают, что Диего, возможно, был виновен в смерти Ридса, но конкретных доказательств этому нет, поскольку все исследования, связанные с проектом, пропали. Недавно диск с данными, содержащий ценную информацию о проекте, был анонимно отправлен по почте в их разведывательное подразделение.

Он был тщательно закодирован, и любая попытка извлечь его сделала бы его бесполезным. Оставался только один шанс, и в основе его лежало одно имя - Шарлотта Уитмен, девушка, которой оно было адресовано.

“Вы передали мне ключ доступа”, - лаконично произнес Кристофф.

- И ты уничтожил его, - сказал Ювиско.

- Обладать такой властью преступно.

“Правительство потерпело крах в своих поисках. Ньюман неосознанно подключился к нему. Это привело к его кончине.”

- Он закодировал это, используя ее геном.

- Правильно рассчитано. Тем не менее, вы невольно запечатлели ключ доступа в ее памяти.”

- Воспоминания человека не могут быть восстановлены. Это самый надежный из всех сейфов в мире.

“Несмотря ни на что, Диего придет за ней”.

- Посмотрим. Прямо сейчас вас обвиняют в инциденте в Гринвиче. Сдайся властям. Мы обеспечим вашу амнистию”.

- Убедительные слова. Вы кажетесь спокойным, несмотря на эти неприятные обстоятельства.

- У нас такая традиция. Мы всегда выполняем свою часть сделки, чего бы это ни стоило”.

- Хорошо, давай сделаем то, ради чего мы здесь были.

***

“Я потерял связь с Майерсом”, - крикнул Эванс, когда пошел мелкий дождь.

По мере того как продвигалась эта ночь, волны становились все беспокойнее. Пока они продвигались по проторенной дороге, Кристоффа нигде не было видно. На их пути вырисовывались очертания выступающего ландшафта, а впереди их ждал тусклый свет парома.

“Мы действуем по плану, - сказала Стеф в микрофон. - Я прицеливаюсь”.

“Подождите, пока она наденет этот плащ”, - сказал Эванс, прежде чем раздать им одежду.

Как только Шарлотта ступила на паром, Стеф выпустила пулю прямо на брошь Хоссе. Оглушительный выстрел привел морских птиц в неистовство, когда хлынула кровь, заливая Изабель.

Удар, тем не менее, вывел бы Хоссе из строя. Именно в ту долю секунды он должен был сунуть это устройство в ее верхний карман. И, боже мой, он сделал это убедительно.

Шарлотта лежала, ошеломленная, и смотрела на лужу крови, в которой погряз ее брат. Она попыталась спуститься, но Эванс быстро вмешался.

- Оставайся здесь и спрячься за мачтой, - сказал он, удерживая ее.

Выскочив из воды, он втащил ошеломленную Изабель в лодку, а затем занялся Хоссом, который лежал без сознания на вершине скалы.

- Он тяжелый, - пожаловался Эванс

- Не-а. Ты тощий, - сказала Стеф, - быстро уводи отсюда этого молодожена-бездельника.”

“Никаких признаков Кристоффа”.

“Ни за что на свете, - Стеф наблюдала за происходящим с помощью снайперского телескопа, - этому парню нравится устраивать идеально разыгранную экстрадицию”.

- Может быть, он импровизирует.

- Одному богу известно, что у него на уме. Просто отвези их обратно на Ривьеру. Мы разберемся с этим на материке.

Когда паром вошел в воду, Стеф достал из заднего кармана зажигалку, прежде чем прикурить сигарету.

- Боже, какая холодная ночь. Острова Авеню уничтожены, чтобы передать ”Поларис", - размышлял Стивен, нюхая табак.

Обеты

"Безумная ночь, - вспоминала Изабель, когда они сидели за обеденным столом, - это самое яркое событие в день нашей свадьбы".

"Средства массовой информации раздувают это до предела", - заметил Хоссе.

- Половина Авеню-Айленд была снесена ветром. Национальное достояние. Это был настоящий скандал, " возразила Изабель.

- Все прошло отлично. Взрывник был пойман. Хоссе вернулся живым. Никто не пострадал, - сказал Кристофф, прежде чем приступить к пасте.

- Тебе легко говорить. Ты всегда пропадаешь в самых важных случаях. Где ты был в ту ночь? - спросила она.

"С Джеффом, он помогал с эвакуацией", - ответил Кристофф.

- А как насчет тех двух лет, когда ты буквально превратился в призрака? - спросила Изабель.

"Работа требовала, чтобы я путешествовал анонимно", - объяснил Кристофф.

На это она криво улыбнулась, прежде чем ответить: "Ты и твои секреты".

"хорошо. Ты приготовила восхитительный ужин, - сказал Кристофф, отвлекая внимание.

- Ты делаешь комплимент не тому человеку, - Изабель взглянула на Шарлотту.

"В самом деле? Ты все это сделал? Я удивлен, - сказал Кристофф Шарлотте.

"Как будто ты никогда раньше не ел ничего из того, что я готовила", - съязвила она в ответ.

"Да. Еда здесь восхитительно вкусная. Пожалуйста, немного взбодрись, - попросил Кристофф.

Она оставалась вялой.

Кристофф жестом подозвал своих приятелей, которые дали четкий знак. Она призналась в своих чувствах и ждала его ответа. Осознав это, они вдвоем тихо оставили Кристоффа и Шарлотту одних за обеденным столом. Кристофф прочистил горло, собрал все свое присутствие духа и выплеснул все это наружу.

- Кто-то, кто ставит вас в затруднительное положение, но в то же время помогает вам преодолеть кокон, в котором вы оказались. Тот, кто заставляет тебя чувствовать это противоречие: "Я с любовью ненавижу тебя". Кто заставляет тебя спрашивать себя: "Почему я все еще таскаюсь за этим идиотом?' Кто заставляет тебя говорить это? 'Я могу объехать весь мир, но не могу найти ни одного такого человека, как ты". Этот кто-то - твой преданный товарищ. Товарищ, обществом которого ты хотел бы дорожить вечно.

Кристофф взял ее за руки и, наконец, посмотрел в эти проникновенные глаза. - Шарлотта, ты " мой предначертанный друг. Я люблю тебя больше, чем ты можешь себе представить. Но только в этот раз мне нужно, чтобы ты знала, что моя жизнь - это ты."

Признание было сделано после 21 года платонических отношений. У нее на глаза навернулись слезы, когда они сидели, прижавшись лбами друг к другу, и улыбались.

"Чарл, пойдем со мной", - сказал Кристофф.

Он взял ее за руки и повел в гостиную.

"Хоссе и Изабель, нам нужно вам кое-что сказать", - объявил Кристофф.

Они оба заметили перемену, которая отразилась на выражении их лиц. Хоссе сдерживал свое возбуждение, в то время как глаза Изабель сияли от радости. Это был долгожданный момент. Они оба уговаривали Кристоффа и Шарлотту на протяжении всего своего детства, и вот теперь они были здесь.

“Мы любим друг друга и хотели бы быть вместе”, - заявил Кристофф.

Хоссе жестом указал на Изабель, и они оба тихо приблизились к паре. Стоя на расстоянии вытянутой руки в окружении множества молчаливых людей, они как бы рассматривали их — классический способ проверить решимость собеседника. Кристофф и Шарлотта стояли на своем, держась за руки.

Через минуту вся их торжественность превратилась в праздник.

- Слава Богу, этот день наконец настал, - сказала Изабель. - Вы двое, несомненно, заставили нас ждать.

“Видеть вас двоих вот так вместе доставляет нам огромную радость. Все знают о тебе. Однако, как говорит Мэри, некоторые решения должны принимать сами дети”, - добавил Хоссе.

- Конечно, она мудрая и добрая, - сказала Шарлотта.

- Вам двоим действительно нужно придумать новый трюк. Этот вопрошающий взгляд ФБР - старая школа, - вмешался Кристофф.

- Может, и так. Но это работает постоянно. Признайтесь, вы оба нервничали, ” сказала Изабель.

- Мы были там всего мгновение. Я слышал наше дыхание и чувствовал, как бьется мое сердце. В этот момент он крепче сжал мои руки. Это вселяло уверенность, ” ответила Шарлотта.

- Запомни это. Когда рядом с вами надежный товарищ, ничто не так страшно, как кажется на первый взгляд. Жизнь - это прогулка со множеством поворотов; держись за эту руку и никогда не отпускай”, - посоветовал Хоссе.

- Да, поклянись никогда не сдаваться, несмотря ни на что, - сказала Изабель.

“Мы верим”, - прозвучал их единый голос.

Уже смеркалось, когда пошел первый в этом сезоне снег. Вторую половину дня они провели в театре, где показывали "Соловья". Это был их первый совместный фильм. Вероятно, это было самое спокойное время, которое они когда-либо проводили. Находясь так близко от нее, Кристофф чувствовал ее эмоции, когда она переживала нюансы драмы этого периода. Ее смех, ее молчание, когда она увлеченно наблюдала за происходящим, ее рыдания, когда она сдерживала слезы, создавали веселый день. К тому времени, как все закончилось, ее голова лежала у него на плече. Это было теплое, нежное чувство.

- Как тебе фильм? - спросила она.

"Душевный", - ответил Кристофф.

"Мне это понравилось до глубины души. С годами это станет настоящим воспоминанием. Стоит вернуться, - сказала Шарлотта.

- Кстати, о воспоминаниях, ты помнишь тот раз, когда погнался за мной со своей хоккейной клюшкой? - Спросил Кристофф.

"Ты смеялся над моими сломанными резцами", - оправдывалась она

Это вызвало дружный смех.

- Ах, те дни пролетели как один миг. Мы были такими игривыми", - вспоминал Кристофф.

- Ты был сдержан. Как скала, непреклонная, никогда не открывающаяся, " заметила Шарлотта.

"Только когда появился Хоссе, я начал больше общаться. В нем есть какое-то обаяние", - объяснил Кристофф.

- Вы с Изабель всегда были так близки. Все думали, что она тебе нравится, - сказала Шарлотта.

- Она моя лучшая подруга. Ты был бы сумасшедшим, если бы она тебе не понравилась. Но любовь - это другое, - ответил Кристофф.

- Каким образом?

- Хоссе рассказал мне о вас, как только представился в первый раз. Ты стал таким дорогим братом. Но только когда я почувствовал твою любовь в этом жесте, я начал думать о тебе", - объяснил Кристофф.

- О каком жесте ты говоришь?

“Игра в пятнашки заканчивается, когда ты обыгрываешь последнего игрока, с которым находишься рядом. В тот день все безудержно подбадривали нас. Тем не менее, там был энергичный голос девушки, который резонировал с моим ритмом. Это было твое. До этого момента ты, должно быть, делал безжалостные намеки, но ни один из них не включал в себя то, что ты выкрикивал мое имя. В тот момент, когда я услышал, как вы приветствуете мое имя, я распознал в нем изюминку, не похожую ни на чью другую. По правде говоря, в тот момент я уловил биение своего сердца в твоем голосе. Одного мгновения безудержной настоящей тебя передо мной было достаточно”, - признался Кристофф.

- Ты никогда не говорил этого раньше, - сказала Шарлотта.

- Ты никогда не спрашивал. До свадьбы Хоссе у нас так и не было нормального разговора. Ты слишком много на себя берешь, Шарлотта. Все девушки так делают. У парней гораздо более простое сердце. Мы не забываем первую девушку, которая пробудила в нас любовь”, - объяснил Кристофф.

“Это была я”, - поняла Шарлотта.

- Кого еще я искал? В каждой частичке моего существа есть ты”, - подтвердил Кристофф.

- Ты по-своему подбираешь слова и выражаешь свои чувства. Я тронута, Кристофф, - сказала Шарлотта.

“Рад это слышать”, - ответил Кристофф.

- А если серьезно, ты не думал о том, чтобы заняться писательством? - Спросила Шарлотта.

- Не совсем. Но у меня в голове есть одна история. Это вопрос времени и целеустремленности, когда дело доходит до написания одного из них”, - ответил Кристофф.

- Если ты все-таки напишешь что-нибудь, сделай это от чистого сердца. Разум усложняет сюжет, чтобы сделать его экстравагантным. Утонченность заключается в простоте перспективы”, - посоветовала Шарлотта.

“Я буду иметь это в виду”, - сказал Кристофф.

Не осознавая, что они общались по-своему с Маленькими ангелочками.

"Время летит незаметно, когда ты рядом со мной", - заметил Кристофф.

- Давайте войдем, мистер писатель, - сказала она, весело подмигивая.

- Вот ты где. Мальчики, я рада видеть вас обоих, - сказала Мэри, обнимая их.

- Рада была повидаться с тобой, бабушка, - сказала Шарлотта.

"Кристофер, несомненно, выбрал ангела", - ласково сказала Мэри.

- Ты вырастил ее. В некотором смысле, ты подарил мне моего ангела, - ответил Кристофф.

- Я дал тебе совет. Это ты довел дело до конца. И какую драгоценность ты нашел, " сказала Мэри.

Вся эта лесть немного взволновала Шарлотту. Но она сохраняла свою веселость.

"Мэри, Кристофф сказал, что ты хотела о чем-то поговорить", - сказала Шарлотта.

- Да, знаю. Теперь, когда вы оба вместе, самое время, - ответила Мэри.

"Тебя что-то беспокоит", - спросил Кристофф, заметив перемену в ее тоне.

- Нет, моя дорогая. Напротив, это вызывает у меня ностальгию, - ответила Мэри.

"что это?" - Спросила Шарлотта.

- Следуйте за мной в мою комнату, - сказала Мэри, покидая их.

Мэри жила простой жизнью. Большую часть своего времени она посвящает детям и этому приюту. Она была скрипачкой и учительницей музыки. И она играла им восторженные мелодии, которые наполняли их детство надеждой. Ее комната была свидетельством ее духа. Она сохранила его красочным и нетронутым.

Из своего шкафа она достала маленькую коробочку. Оно было темно-синего цвета с желтой лентой.

- Вот, откройте это вместе, - сказала она, протягивая им свою драгоценность.

Внутри лежал золотой лист толщиной с бумагу. Он был в форме сердца и украшен гравировкой в виде алоказии.

"Твой дедушка подарил его мне на нашу свадьбу", - вспоминала она.

- На нем какие-то надписи, - заметила Шарлотта, - изящные и мелкие.

- Таковы клятвы. Семь, если быть точным, - объяснила Мэри. - Вот, возьми это увеличительное стекло и прочти.

1. "1. Дорожить совместной жизнью

2. Быть верным товарищем

3. Быть добрым и услужливым

4. Любить всем сердцем

5. Неожиданно проявить заботу

6. Иррационально извиняться

7. Чтобы ты всегда была мне дорога.

- Твой дедушка всегда считал, что одного набора клятв недостаточно для того, чтобы всю жизнь расти вместе. Те семь клятв, которые вы только что прочитали, являются основой любых прочных отношений. Чтобы это сработало, нужна целеустремленность, но там, где есть любовь, люди всегда найдут выход. Любовь вдохновляет людей становиться лучше ради своих близких", - поделилась Мэри.

- Это прекрасный подарок, бабушка. Ты хорошо об этом позаботился, - заметил Кристофф.

- А теперь я хочу, чтобы это досталось вам обоим, - ответила Мэри.

- Мы оба? - спросили они в унисон.

- Да, это семейная традиция. Считайте это семейной реликвией и дорожите ее словами. Пришло время мне передать это по наследству. Вы двое " прекрасная пара, - объяснила Мэри.

- Спасибо, - с благодарностью произнесла Шарлотта.

“Мы позаботимся об этом так же, как и вы”, - искренне пообещал Кристофф.

- Я знаю, что так и будет. Вот почему я дарю его тебе, - сказала Мэри с улыбкой. - А теперь давайте все вместе сядем и насладимся ужином. Прошло слишком много времени с тех пор, как мы ужинали всей семьей.

“Чем больше, тем веселее”, - согласился Кристофф.

“Еда всегда вкуснее, когда ею делятся за столом с близкими”, - тепло заключила Мэри.

29 марта

Последние два дня Лиза была очарована дневниками Кристоффа. Его умение убедительно обращаться со словами дало представление о его прошлом и предвосхитило его настоящее. Это была история, которая заслуживала того, чтобы ее рассказывали будущим поколениям. Но, дойдя до последних страниц, она заметила, что чего-то не хватает.

Последним желанием Мэри было, чтобы Лиза прочитала эти дневники. Возможно, Мэри чувствовала чувства Лизы к Кристоффу во время своих визитов. К сожалению, он оставался для нее неуловимым.

"Кристофера нелегко понять", - сказала ей Мэри.

- Он тщательно следит за собой, - ответила Лиза.

- У самых сдержанных людей часто бывают самые интригующие истории. Кристофер проницателен и наблюдателен, держит свое мнение при себе, если его не спрашивают."

- Он всегда был таким? - спросил я.

- Не всегда. Жизнь может ожесточить даже самого мягкого из людей.

- В его прошлом случилось что-то ужасное? Лиза не могла удержаться от вопроса.

- Ничего непоправимого, - ответила Мэри с кривой улыбкой.

В последующие дни Лиза искала недостающие фрагменты его истории. Работая журналистом-расследователем для The Times, она изучала бесчисленные материалы о Ривьере, одновременно готовясь к предстоящему всемирному саммиту в Энджел-Фоллс. Она знала, что ее репортаж станет кульминацией ее карьеры.

"В одной из ваших статей упоминались взрывы 29 марта", - напомнил ей один из коллег. "Курганы были одним из семи мест, на которые были нацелены атаки".

- Какой это был год? - спросил я. - Спросила Лиза.

"2006. Взрывы на Ривьере до сих пор считаются одной из величайших ошибок разведывательных служб нашей страны."

- Преступники были пойманы? - спросил я.

"Никто не взял на себя ответственность за эти безжалостные взрывы".

" Почему ты называешь их безжалостными?

"Все эти места были гражданскими районами".

Лиза воздержалась от того, чтобы делиться какими-либо подробностями о Курганах со своей командой. Единственными зацепками, которые у них были, были имена Кристоффа, Шарлотты, Хоссе и Изабель. Несмотря на ограниченное время, ее команда добилась заметного прогресса.

- Рейчел, составь список намеченных мест.

- Южные пригороды, больница Хоупвелл, собор Святого Иоанна, площадь Метрополитен, фонтаны Гилмор и сиротский приют.

- В сиротский приют?

- Приют "Маленькие ангелы" в восточной части Ривьеры.

- Сколько жертв? - спросил я.

"51 человек, включая Хосса Хоффмана и Шарлотту Уитман".

По мере того как они все глубже погружались в это дело, Лиза пришла к пониманию. Кристофф оставил ее в поисках человека, ответственного за эти зверские действия. Его связь с Бэрроузами подвергла опасности его друзей и детей в приюте. Все признаки указывали на одного неопознанного человека, известного как Вега. Кристофф считал себя ответственным за их смерть. Когда человека снедает чувство вины, жажда мести часто овладевает даже лучшими из людей. И Лиза не могла смириться с тем, что потеряла его.

***

"Опять это время года", - заметил Изен.

- В то время, когда все развалилось, - сказал Джеффри.

"Кристоффу действительно пришлось сделать трудный выбор. И все же он действовал непоколебимо."

- Любовь придает тебе такую решимость. Бросить вызов всему миру."

"Он сделал это с невозмутимым видом".

- Он, конечно, так и сделал, Изен. Я отчетливо помню тот день. Мы были в офисе у Барроузов. После Йоркшира прошел год. Работы было немного, и я буквально дремал, когда зазвонил телефон. Женский голос попросил позвать Кристоффа, используя код экстрадиции, который нам был присвоен. В ее голосе звучало отчаяние. Я переадресовал вызов ему, и в следующий момент мы уже неслись к выходу из туннеля, как и приказал Кристофф. Двадцать минут спустя в новостях появились сообщения о взрывах."

- У меня есть отрывок из этой статьи. Обозреватели нанесли настоящий удар".

" Огненный дождь. Больница Хоупвелл, где должны были состояться роды Изабель, лежала в руинах. Грузовик съехал с Метрополитен-сквер и из-за взрыва протаранил машину Хоссе. Маленькие ангелы заплатили свою цену за то, что у них были мы. Убежище можно было бы отстроить заново. Но однажды потерянные жизни уходят навсегда. 51 человек. Это тяжелая потеря".

"Этот звонок дал вам 10 минут, чтобы предотвратить семь одновременных взрывов".

- Жизни действительно были спасены. Но кто-то должен взять вину за это на себя. Джона назвали предателем. И Кристофф был с нами в этом не согласен".

- Он уехал из Шайры, получив ваше письмо. Что ты ему написала?

"Диего Вега был замечен рядом с Джоном. Они охотятся за "Поларисом". Братья хотят их смерти.

- И он восстал против вас, не так ли?

- Его моральная совесть не позволит ему этого сделать. Ты же знаешь, какой он.

- И все это хорошо закончится?

- Он идет против Братьев. Если он вмешается, начнется настоящая бойня", - сказал Джефф, вспоминая свой последний разговор с Кристоффом.

- Что ты только что сделал?

- Я объявил им войну.

"Ты не в своем уме".

- Напротив, я наконец-то пришел в себя.

"Экстрадиция против нас на всемирном саммите провалится".

- На этот раз в выигрыше все. Передавайте мои наилучшие пожелания боссу".

- Зачем бросать вызов всему миру ради него?

- Я обязан ему своим миром. Это все, что мне нужно.

- Если ты решил, то знай это. В тот момент, когда вы ступите на водопад Анхель, Барроуз застрелит вас. Судьба Джона решена на саммите."

"Судьба заключается в выборе, который мы делаем. Вы, ребята, сделали слабую попытку. Пришло время все исправить".

"Это будет твоей смертью".

"Ближе всего к смерти чувствуешь себя наиболее живым".

" Кристофф. Подумайте об этом еще раз. Вы же знаете, кто следит за освещением этого дела."

"Обеспечение безопасности каждого будет вашей ответственностью".

- С этими словами он ушел от меня, Изен, - сказал Джефф

- Она вплетена в ткань его жизни. Так или иначе, их миры столкнутся.

- Какой выбор она сделает?

- Он предвидел это. Он знает ее. Вот почему он так уверен.

"Судьба мира будет в равновесии. Можем ли мы довериться эмоциям одной девушки?"

"Она - одна из девушек тысячелетия. Ее выбор достоин того, чтобы повлиять на судьбу каждого из нас".

Организация Объединенных Наций Суверенного государства организовывала всемирный саммит. Двенадцать стран должны были возглавить это грандиозное мероприятие. Его цель - запуск глобальной спутниковой сети interlink, которая при развертывании создаст гигантский массив взаимосвязанных цифровых каналов, отображающих каждый уголок Земли одновременно.

Объем генерируемых данных был бы огромен, что потребовало бы огромных объемов памяти и невиданной ранее системы охлаждения для компьютеров квантового уровня. Специально отведенным местом был водопад Анхель, расположенный недалеко от Арктического полюса. Холодный, пронизывающий до костей воздух на вершине этой горы был идеален. Самый крутой водопад, который когда-либо знал человек, использовался в качестве охлаждающей жидкости для этого проекта под названием Polaris.

"Они выводят всю планету на один экран с помощью голограмм", - сказала Рейчел.

"Да, в отличие от традиционного геокартирования, это круглосуточное наблюдение", - ответила она.

- Мы будем прикрывать вас при минусовых температурах.

- Приятного аппетита, дорогая. Это будет завтра, 29 марта, когда мы приземлимся. Поспи немного.

"Как и ты, Лиза".

"Ты будешь там?" - подумала она, глядя на облака. "Ривьера была уничтожена из-за Полариса. Что в нем такого, что заставило тебя исчезнуть на 6 лет?"

Мысли безрассудно метались, прежде чем сон заключил ее в свои объятия, пока она смотрела, как заходящее солнце скрывается за тонкими облаками, и молилась об одном.

“Надеюсь, я встречу тебя там, Кристофф”.

Раннее утро показалось им зимней ночью, когда они вышли из самолета. Воздух был холодным, без малейшего намека на солнечный свет. Безжалостные заснеженные вершины свидетельствовали о враждебности жизни на полюсах.

“6 месяцев настоящей зимы”, - сказала Рейчел.

- Не вздумай здесь бродить. В этих местах обитают самые злобные существа, - ответила она

“ Волки и белые медведи?

- Ты же знаешь, что лучше держаться подальше от свирепых животных. Я говорю вон о том растении. Один-единственный укол его шипа может парализовать вас. А еще есть тонкий лед, который отправит вас в ледяную воду, если вы на него наступите. Жизнь здесь сосредоточена на выживании”.

- Откуда ты все это знаешь? - С любопытством спросила Рейчел.

- Я провел год в Гренландии со своей матерью. Она рассказала мне о жизни на полюсах.”

- Очень мудро с твоей стороны, что ты помнишь об этом, ”

- Мы обсудим мои поездки позже, - сказала она, взглянув на часы. - Саммит стартует через 4 часа. Позови остальных членов нашей команды,”

- Да, я уже занимаюсь этим, ”

Во время восхождения на вершину им открылся живописный вид на завораживающий водопад Анхель. Вода хлынула в котел внизу, поднимая густой туман, который окутал предгорья, превратив их в плащ-невидимку.

“Это так круто”, - сказал их оператор.

“Вам лучше не приближаться к его краю”, - сказал шофер.

“Падение с лестницы Ангела - прямой путь на ледяные небеса внизу”, - съязвила Рейчел.

- Ценю твое чувство юмора. Продолжай в том же духе. Потому что нам это понадобится, когда мы будем освещать мероприятие в этих суровых условиях, - выпалила она.

“А если кто-то все-таки упадет, он выживет?” - спросил их приятель, который хотел сфотографировать водопад крупным планом.

- Это было бы настоящим чудом. И они нечасто случаются здесь. Я бы сказала, что этому человеку очень повезло, - ответила она.

- Теперь, когда вы упомянули об этом, я вспомнил легенду о водопаде, - сказал туземец

- Это легенда. Было бы приятно это услышать.

- Говорят, что однажды был замечен феникс, который скользил вниз, в его глубины. ”Крылья огня" утонули в этих водах, прежде чем снова всплыть, пылая жаром после того холодного погружения."

- Я думал, Феникс восстал из пепла.

- Они так и делают. Но это метафора, с которой нужно соотнести. Время - это пепел, который скрывается в водопаде Анхель. Когда человек добровольно прыгает с этого чудовищного водопада, его жизнь превращается в пепел. И из этого пепла возникает жизнь человека, ради которого было совершено это деяние”.

“Только сумасшедший мог совершить такую глупость”, - неодобрительно прокомментировала она.

- Такие родственные души действительно существуют, мадам. Может быть, ты встретишь кого-нибудь из них.

Когда он произносил эти слова, в глазах мужчины появился блеск, который приблизил их к месту назначения.

“Саммит нас ждет”, - Рэйчел снова создала атмосферу для репортажа, когда они вышли из своего фургона.

“Удостоверения личности, пожалуйста”, - попросили бойцы "Дельты" на контрольно-пропускном пункте.

Тщательная проверка системы безопасности с досмотром была проведена безукоризненно. Мы не допускали никаких промахов, зная, что все высокопоставленные лица мира соберутся в одном месте. Не успели они въехать в ворота, как заметили представителей британского правительства, которые выходили из своих черных внедорожников. Это была их возможность получить представление о предстоящих событиях. Вместе с Рейчел и Марком они быстро добрались до места происшествия и взяли интервью у своего представителя.

"Мадам, не могли бы вы рассказать нам о запуске этого десятилетнего проекта?" она взяла интервью.

"Polaris укрепит влияние Суверенного союза в небе Азии", - заявила Никола Седенхэм, которая возглавляла это мероприятие.

- Азиаты, похоже, сомневаются в том, что ваши спутники вторгнутся в их воздушное пространство.

- Это необходимый компромисс. Для глобальной спутниковой связи это имело решающее значение".

- Простите за вторжение, но мы больше всего ждем выступления Короля Братьев после того, как у него начались проблемы со здоровьем. Есть какие-нибудь новости по этому поводу, - тактично спросила она.

На это Никола слегка улыбнулась и ответила: "Рэйман-младший действительно будет говорить от имени своего отца. Он способный бизнесмен и дальновидный человек. Его многолетняя проницательность сделала это грандиозное событие реальностью сегодня".

С этими словами она снова присоединилась к британской колонне, прервав интервью.

"Вот так все и будет, ребята, - сказала она своим товарищам по команде, - быстро и точно".

"Надо к этому привыкнуть", - понял Марк.

"Кто такие Братья? - спросил ее оператор. - Звучит архаично".

- "Братья" - это название Всемирного совета, возглавляемого самым влиятельным человеком на земле, которого метко прозвали Кингом, - ответила Рейчел.

Их съемочная группа начала осматривать место для установки радиовещательного оборудования. Особое внимание уделялось стратегически важным местам, таким как амфитеатр, где Рэйман должен был выступать со своей публичной речью. В банкетном зале были приняты строгие правила невмешательства. Потрясающий многоярусный замок с широкими зубчатыми стенами возвышался над завораживающим водопадом Анхель. Снайперы из сторожевой башни охраняли периметр внизу, в то время как беспилотники продолжали парить в небе, обеспечивая 360-градусное наблюдение за Всемирным саммитом.

"Если Кристофф Майерс появится, это будет грандиозный поворот событий", - сказала Джефферсон Шпигель, глава службы безопасности, стоя и глядя вниз на водопад.

- Откуда ты его знаешь? - удивленно спросила она.

- Он мой близкий друг. Наша разведка следит за нашими агентами. В последний раз он встречался с вами в Шайре, мисс Лиза Спаркс.

"Тогда вы, должно быть, знаете о взрывах 29 марта, мистер Джефферсон", - прямо заявила она.

- Я не могу разглашать государственные секреты. Но знайте: Майерс объявлен в розыск за то, что помог Джону избежать смертной казни."

- Тогда он на правильной стороне или представляет угрозу национальной безопасности? Она, не колеблясь, спросила:

- Он праведный парень до мозга костей. И единственные люди, которым вы, вероятно, должны доверять, - это ваши товарищи по команде и он сам", - посоветовал он перед уходом.

Его напряженный голос намекал на ужасный поворот событий. Тот, за предотвращение которого он отвечал.

- Твое отсутствие внесло большой беспорядок в жизнь каждого из нас. Придурок", - подумала она про себя, когда его лицо странным образом всплыло в ее памяти.

Сваруп Кумар Далай 183

- Твое отсутствие внесло большой беспорядок в жизнь каждого из нас. Придурок", - подумала она про себя, когда его лицо странным образом всплыло в ее памяти.

Искаженное обещание

- Все готовы к этому? - спросил я. - Спросил Диего де ла Вега Джона Трумена.

“Они готовы”, - ответил Джон.

- Это вполне естественно. Эта миссия будет нашей последней”.

- Курганы защищают Братьев на Вершине. Мы можем легко проникнуть внутрь. Однако весь фокус в том, чтобы выбраться наружу.”

“ Извлечение. Мы оставим это на усмотрение К. Майерса. Он обязательно появится, учитывая, что поставлено на карту.

“Я установила электромагнитные заряды на наши беспилотники-невидимки”, - просияла хладнокровная Сахара.

- А как же Элли? - спросил Джон.

- Она занята оттачиванием своих снайперских навыков.

Их команда придумала один дерзкий план под руководством выдающегося стратега Диего. Джон предоставит тяжелую артиллерию, Сахара продемонстрирует свое техническое мастерство, а точные снайперские навыки Элли Арчер нанесут решающий удар. План был окутан завесой секретности, и в него были вовлечены только самые надежные друзья, чтобы предотвратить любые потенциальные неприятности, которые могли возникнуть во время их миссии. Все это было идеей Кристоффа, родившейся в отчаянии, чтобы предотвратить надвигающуюся катастрофу, вызванную запуском Polaris.

Когда они тесно прижались друг к другу, непоколебимая вера Диего в их способности эхом отдавалась в их головах.

“Наша главная цель - доставить Лизу Спаркс в целости и сохранности в зону проверки подлинности”, - напомнил он им, и его голос был полон решимости и уверенности. На них тяжело давила тяжесть поставленной задачи, но они были готовы к любым испытаниям, которые ожидали их впереди, когда они приступили к выполнению этой опасной миссии.

- А потом? - спросила Элли.

"Мы оставим это на усмотрение Майерса, - ответил Джон, - только он знает об окончании игры".

- Где он сейчас? - спросил я. Сахара выглядела задумчивой.

- У него есть своя собственная вендетта, с которой нужно разобраться.

Услышав это, группа выразила неуверенность, но Диего заверил ее.

"Он обязательно появится. Будьте бдительны, - сказал Диего, отдавая последнюю команду.

- Как ты думаешь, он может изменить судьбу мира? Судьба просила Удачи, пока они издалека наблюдали за разворачивающейся сценой.

"Твое предсказание никогда не оказывалось неверным", - ответил Лак.

- И все же он излучает ауру, не похожую ни на какую другую. Его твердая, как титан, решимость навсегда запечатлелась в моей памяти".

"Те, кто любит от всей души, сами пишут свою судьбу", - вспомнил Лак.

- Они укрывают Феникса-Близнеца. Ты знаешь, что это значит.

"Время - это пепел, из которого можно возродить свою жизнь".

" Вечная связь. Феникс, возрождающий свою вторую половинку из пепла."

"Такую высокую цену приходится платить".

- Единение требует жертв. Примите участие в нашей истории."

Судьба, казалось, не имела над ним власти, в то время как удача была непостоянна для всех, кроме нее. Их любовь друг к другу только усиливала их гордость за свои уникальные способности. Творец увидел это и наложил на них проклятие - они всегда будут вместе, но никогда не смогут соприкоснуться. Единственный способ разрушить чары состоял в том, чтобы найти другую пару, которая воплотила бы в себе слова Создателя и их собственные объединенные способности.

"Когда настоящая любовь человека перевернет предсказание Судьбы о его судьбе настолько, что Удача будет вынуждена изменить предсказание Судьбы, это заклинание будет разрушено".

На протяжении веков Удача неустанно искала их. Сменялись поколения, и даже Судьбе надоели ее собственные предсказания. Со временем люди перестали воспринимать слова "я люблю тебя", которые произносились так часто, что потеряли свой истинный смысл.

Истинная любовь соединяет родственные души до такой степени, что "я" становится "мы", и их взгляды наполнены только любовью друг к другу.

Тем временем судьба мира была приведена в движение.

"Стрела попала прямо в цель", - ответил Фред, их меткий стрелок.

Сахара немедленно принялась за свой ноутбук, переопределяя работу дронов, разработанных Джеффри, используя свой собственный набор микросхем.

"Получила доступ, - торжествующе сказала она, - включила видеоотзыв".

- Мы в безопасности. Поехали, - сказала Элли со своего заднего сиденья.

Ко входу, охраняемому отрядом "Дельта", подъехал красный "Бенц". Стеклянная витрина опустилась, и за ней показалась поразительно привлекательная женщина. Поздоровавшись спокойным тоном, она протянула свою визитку.

"Знаки отличия королевской семьи", - подтвердил охранник, вызвав неизбежный переполох. Одетая в красное, наследница говорила величественно и обладала абсолютной властью.

- Сахара Бюргесс, - сказала она, и ворота мгновенно распахнулись. Когда "Бенц" подъехал к дому, неслышимая звуковая волна достигла ушей членов отряда "Дельта" и погрузила их в сон.

- Можешь вынуть затычки из ушей, Элли, - ответила она, улыбаясь.

"Заиграть им в уши мелодию "Хуанкос спит" было гениально".

- Это была идея Майера. А теперь надевай свою маскировку. Мы встретимся в отсеке аутентификации."

Сахаре была отведена самая важная роль — та, которая должна была склонить маятник на их сторону.

С другой стороны, Джон и Диего продолжили отвлекающий маневр.

- Высотные погружения из стратосферы. Это безумие, " заметил Джон

Диего пошутил: "Клянусь, ты не поверишь, насколько безумны идеи Кристоффа".

Их камуфляжные костюмы были сконструированы таким образом, чтобы прятаться от радаров и одновременно замедлять их снижение. Тем временем ЭМИ уничтожит беспилотники.

- На счет 1,2,3. Огонь", - по таймеру начал опускаться электромагнитный заряд, готовый сеять хаос.

- Давай прыгнем.

Невероятный опыт приземления с высоты с огромной силой был ошеломляющим. Когда дроны появились в поле зрения, полезная нагрузка сработала с помощью ЭМИ, сделав их бессильными. Они падали как градины, позволяя Джону и Диего проскользнуть мимо их радара на подъемный мост.

"Вооружись. Время шоу."

Собравшиеся в амфитеатровом зале с нетерпением ждали выступления Рэймана. Его личность, как говорили, была великодушной. Поднимаясь по лестнице, он излучал абсолютную уверенность и начал.

"Для меня большая честь возглавлять запуск этого десятилетнего проекта. Цель Polaris - создать 3d-голографию всей биосферы на цифровых дисплеях. Возможность наблюдения в режиме 24*7 с высокоточным картографированием местности, подключенным через спутниковую сеть. Такие квантовые вычисления генерируют йоттабайты данных, для чего требуются гигантские хранилища и беспрецедентная система охлаждения. Водопад Анхель на Северном полюсе был предпочтительным местом назначения, и мне доставило огромное удовольствие торжественно провести запуск спутников".

Его власть над аудиторией была просто превосходной, и казалось, что презентация пройдет успешно. Но затем произошло немыслимое.

Стеклянные окна амфитеатра разлетелись вдребезги еще до того, как погас свет. Мрачный хаос охватил вершину, когда беспилотники врезались в окрестности, вынудив отряд "Дельта" быстро занять оборонительную позицию. Все выходы были перекрыты, и высокопоставленные лица были уверены в своей безопасности.

"Электромагнитный резонанс, - сказал Джеффри Шпигель, начальник службы безопасности, - наденьте свое защитное снаряжение. И следуйте за мной.

Не успела церемония инаугурации превратиться в поле боя, как противоборствующие страны захотели остановить развертывание Polaris, сославшись на национальную безопасность. Это может буквально одним нажатием кнопки вывести из строя коммуникационную систему целой нации, изолировав ее. А в военное время общение является ключевым фактором, определяющим победу.

"Джон, сыграй сонату Бетховена", - попросил Диего, когда дроны посыпались, как капли дождя.

Сотрудники службы безопасности на подъемном мосту в замешательстве окружили их, когда они оба подняли руки и с величайшим достоинством объявили,

- Отведи нас к Рэйману, - безжалостно объявил Джон.

“Посмотрите, где вы стоите, - сказал лейтенант, - вы не имеете права вести переговоры. Пожалуйста, остановите музыку.”

“С удовольствием”, - сказал Диего, когда Джон выключил классический mp3-плеер.

В тот же миг до их ушей донеслись выстрелы, когда Элли прицелилась с башни сторожевой башни. Один за другим накачанные транквилизаторами солдаты падали на землю, уничтожая остальную часть полка.

“Хороший намек”, - подумала Элли про себя, когда ее пистолет с транквилизатором в сочетании с выстрелом из mp3-плеера оказался решающим. Это заставило эскадрилью Джеффри рассредоточиться, позволив Сахаре, находившейся в амфитеатре, приблизиться к Лизе.

- Мисс Спаркс, - прошептала Сахара ей на ухо, стоя в темноте, “ не кричите.

“У меня сообщение от твоего друга Кристоффа Майерса”.

Одно его упоминание задело за живое, и Лиза инстинктивно спросила: “Где он?”

- Человек, которого вы видите стоящим на трибуне в темноте. Подойди к нему.”

Не задавая больше никаких вопросов, она сделала, как ей было сказано.

Поднимаясь по ступенькам, она увидела знакомую фигуру.

- Как ты? - спросила Лиза.

- Все хорошо, мисс Спаркс, - ответил жизнерадостный Кристофф.

- Я думал, речь будет произносить Рэйман-младший.

- Я объясню позже, но сначала давайте уйдем.

Он снял эту крышку, которая скрывала люк, спроектированный Ньюманом под подиумом.

"Стойте смирно", - приказал Кристофф, поскольку кромешная тьма и безумная атмосфера создавали идеальные условия для бегства.

- Спускайся вниз, Лиза.

Она сделала, как он просил, и оказалась в подземном туннеле.

- Куда это ведет? - спросил я.

- В залив Аутентификации и дальше, в арктические земли. Следуйте за мной.

Быстро продвигаясь вперед, они наткнулись на запечатанное хранилище с биометрическим замком. Услышав это, Кристофф остановился и повернулся к ней лицом. Это позволило ей как следует разглядеть его лицо. Все кардинально изменилось. Он отрастил густую бороду и носил прическу "конский хвост". Одетый в свой бордовый смокинг, он выглядел настолько элегантно, что она на мгновение растерялась, восхищаясь этим преображением.

" Лиза, - он вернул ее к реальности, - послушай внимательно, что я хочу сказать.

Его голос звучал задумчиво, требуя внимания и намекая на серьезность их положения.

- Давай, продолжай.

"Эти биометрические данные можно открыть только по данным вашей радужной оболочки глаза".

- Что?!

- Ты не приемный ребенок. Ньюман Ридс, создатель одежды-трансформера, был вашим отцом. Он изобрел "Полярис" вместе с Диего де ла Вегой."

"Как все это связано со мной?"

- Зайди в отсек аутентификации, чтобы узнать это.

Благодаря ее подписи радужной оболочкой глаза хранилище открылось, и когда они вошли внутрь, их встретила голографическая проекция Ньюмана Ридса, стоящего рядом с CoreHub.

- Привет всем. Если ты зашла так далеко, то ты, несомненно, моя дочь, - сказал он. - Твое присутствие здесь решит судьбу мира. Видите ли, "Поларис" - это палка о двух концах. Во имя геокартирования и связности они нацелились на геномную последовательность рас. Как только Z-лучи, испускаемые этими спутниками с их мутационной частотой, начнут действовать, они могут обратить в рабство целую нацию. Тех, кто выступал против этого, либо заставляли замолчать, либо стирали их происхождение".

- Это неправильно, - в отчаянии сказала Лиза.

- Это проекция. Он может сказать только то, что заранее записано, - напомнил ей Кристофф.

"Единственный способ остановить эту программу - использовать диск с данными, который я попросил Диего передать вам. Будучи встроенным в базовую архитектуру, он стирает генетические данные и излучение Z-лучей, - продолжил Ньюман. - И, наконец, все, что остается, - это вы сами. Я всегда любил тебя больше своей жизни. Ты пришел как благословение и изменил всю нашу жизнь".

С этими словами проекция исчезла, оставив Лизу ошеломленной.

Со слезами на глазах она ответила: "У меня нет никакого диска с данными".

"Я знаю, именно поэтому мы решили перезагрузить жесткий диск Core Hub, используя алгоритм, разработанный нашей командой. Целью твоего приезда сюда была встреча со своим отцом."

- Что мы будем делать дальше?

- Ты возвращаешься в свой дом на Ривьере, пока "Барроуз" перестраивается по своему истинному назначению.

- А что насчет тебя?

- Я выступаю под псевдонимом Рэйман-младший. Мне потребовалось шесть лет, чтобы достичь этой должности.

Страны, участвующие в саммите, не знают о нашем решении навсегда стереть архитектуру излучения Z-лучей".

- Тогда, в Шайре, я должен был сказать тебе это...

Но прежде чем она успела заговорить, появилась женщина, которая привела ее к Кристоффу, и утвердительным тоном объявила:

- Диего и Джон обезопасили помещение, как и планировалось. Тебе нужно убираться отсюда, " сказала Сахара.

- Она права, мы обсудим это позже.

Тем временем Сахара получила доступ к CoreHub и начала проникать в ресурсы Всемирного совета, чтобы стереть все исследовательские данные о Z-лучах и их применении."

- Вы, ребята, начинайте. Это займет некоторое время."

- Совершенно уверен.

Двигаясь вперед, Кристофф и Лиза вышли из бункера и направились к лестнице, ведущей к выходу.

- А как же Диего? - спросила она.

"Диего, известный под псевдонимом Жнец, был отличным стратегом в The Barrows, - ответил он. - Наняв меня в качестве внутренней помощи, он отправился по всему миру, создавая альянсы, чтобы остановить Polaris".

- Итак, все эти шесть лет вы работали с Рэйманом.

- Он наш союзник во Всемирном совете. Благодаря его поддержке мы смогли возглавить высшее руководство этого саммита".

- Но файлы связывают Диего с Алехандро.

- Барроузы, несмотря на его бунт, оклеветали его и связали его личность с братом Алехандро де ла Веги, которого они убили. Несмотря на хаос, обещанный день наступил, как и планировалось."

" В чем заключался твой план?

- Вы работаете в "Таймс", не так ли?

"Да."

- Тогда у меня есть просьба, - он достал из кармана пиджака диск с данными и протянул ей. - Это двойной диск. Держи это при себе.”

Она сделала, как он просил, прежде чем он открыл дверь, позволив арктическому ветру пробрать их до костей.

- Надень это, - сказал Кристофф, “ протягивая ей свое пальто.

Расстегнув рубашку и закатав рукава, он освободился от своего официального наряда и умело приступил к работе.

Вернувшись на поверхность, было слышно, как водопад Анхель хлещет и клубится пеной.

“Это самое близкое зрелище, которое я когда-либо видела”, - заметила она.

По мере того как они продолжали продвигаться вперед, в поле зрения появился вертолет. Он неподвижно стоял на причальной площадке над крутым склоном, к которому они приближались. Кристофф взял ее за руки и повел через зал.

“Не наступайте на мины, - предупредил он, - они спрятаны в снегу”.

Продвигаясь вперед, они увидели ожидавшего их мужчину. Кристофф посоветовал ей оставаться на месте и подошел к нему.

“ Хелински.

- Ты не можешь покинуть это место, Майерс. Бэрроузы заключили со мной невыгодную сделку, чтобы я доставил тебя к ним.

Они вдвоем стояли на покрытой снегом платформе, окаймлявшей обрыв. Хелински не собирался вступать в переговоры, он быстро вытащил пистолет и направил его на Лизу.

Его пальцы были на спусковом крючке, прежде чем Кристофф в схватке вырвал его. Каким бы крепким он ни был, его грубой силе противостояли прямые удары по слабым местам противника. Он разжал руки, и пистолет выстрелил в воздухе, прежде чем упасть на землю. Удар каблуком в висок сбил Хелински с ног, но он активировал заряд на платформе и установил таймер.

Услышав выстрел, Лиза по ошибке ступила на платформу-близнец, прежде чем Кристофф успел предупредить ее.

“Оставайся там”, - крикнул он.

Взрывчатка с двумя зарядами представляла собой мины высокого давления, которые при активации давали им 10 секунд на то, чтобы решить судьбу друг друга. Тот, кто сойдет первым, умрет, отключив второго. Если бы ни один из них этого не сделал, оба были бы поражены.

Зная, что поставлено на карту, он не стал медлить, чтобы защитить самых дорогих ему людей. Через мгновение он принял решение и отдал свой последний приказ,

” Сделай это.

Элли наблюдала за происходящим со склона горы, когда нажала на спусковой крючок и всадила пулю прямо в бедро Хелински.

- Проклятие! - в агонии закричал Хелински.

Несмотря на все трудности, он поднялся и бросился на Кристоффа, полный решимости сбить его с ног. Но Кристофф твердо стоял на ногах, его ноги словно корнями вросли в землю. Время поджимало. На часах оставалось всего две секунды. Крепко обхватив его за шею, Кристофф остановил движение противника и повернулся, чтобы посмотреть Лизе в глаза.

В этот момент все воспоминания об их жизни нахлынули на него. Его лицо смягчилось, он ностальгически улыбнулся и, не колеблясь, нырнул в бурлящие воды внизу. От удара раздался взрыв, разнесшийся ударной волной по окрестностям, и они обрушились вниз с водопада. Потрясенная взрывом, Лиза вскочила на ноги и подбежала к краю, пытаясь осмыслить то, что только что произошло. Стоя там в ошеломленном молчании, она посмотрела вниз, на бушующую внизу реку, и в отчаянии упала на колени.

Мужчина, которого она любила, ушел, затерявшись в бурлящих водах внизу. И своим последним поступком он взвалил на нее огромную ношу, которая навсегда изменит ее жизнь. Когда она стояла на коленях, крича от боли, чья-то успокаивающая рука протянулась к ней и мягко легла на плечо.

"В Арктике ты можешь заболеть обморожением, плача", - сказала женщина.

" Элли. Меня зовут Элли Арчер. Я одна из подруг Кристоффа, - пояснила она. - Он поручил мне доставить тебя обратно на Ривьеру."

- Мы должны найти их, - взмолилась Лиза.

- Это сделают наши товарищи по команде. Ваша безопасность имеет первостепенное значение, поскольку теперь вы обладаете полным приводом twin drive."

- Что в нем содержится? - спросил я.

- Все, что когда-либо делали все правительства за всю историю человеческой цивилизации.

- Но он может быть жив. Я должен спуститься туда и найти его.

- Пожалуйста, пойми. Если ты действительно любишь его, немедленно покинь это место.

Ее сердце не хотело принимать то, что видел ее разум, но все же она села в вертолет и покинула водопад Анхель, вглядываясь в гигантский водопад, в который упала любовь.

Поврежденные линии

Вертолет опустился на крышу "Таймс билдинг", его лопасти прорезали темное ночное небо. Городские улицы внизу были залиты яркими огнями и кипели жизнью, но здесь, на крыше, было так же темно, как и в ее душе. Лиза шла вперед с решимостью в каждом шаге, полная решимости раскрыть миру правду о Братьях.

Пройдя в комнату для телепередач, она подключила двойной дисковод к компьютеру для трансляции, и его экран засветился мягким голубым светом. Властным голосом она приказала своей команде проанализировать огромное количество собранных данных, составив фрагменты для их круглосуточной трансляции, которая должна была длиться три дня подряд.

Они работали не покладая рук, и Лиза не могла отделаться от ощущения срочности и целеустремленности. Необходимо было раскрыть правду о Polaris, и это должны были сделать она и ее команда. Наконец, после нескольких часов компиляции и редактирования они были готовы транслировать свою телепередачу по всем странам.

Когда ситуация с заложниками на Всемирном саммите прояснилась, Диего и Джон показали всем странам телепередачу Лизы о реальном заговоре, стоящем за "Поларисом". Ситуация с заложниками на Всемирном саммите внезапно прояснилась, и люди по всему миру в шоке и недоумении наблюдали за тем, что от них так долго скрывали, — и все это благодаря напряженной работе этой команды и ее решимости докопаться до истины.

"Это то, чего бы он хотел", - размышляла Лиза, угрюмо сидя на скамейке в парке.

Их глобальная аудитория резко возросла после того, как были свергнуты лидеры и мир претерпел серьезные изменения к лучшему. Кристофф также добился международного прощения для своих коллег-активистов, которые помогали препятствовать контролю Всемирного совета над Землей.

В течение нескольких недель поисковая команда отчаянно прочесывала Энджел-Фоллс, надеясь найти хоть какие-то следы их пропавших тел. К сожалению, их усилия оказались безрезультатными.

В честь его памяти были организованы похороны в его родном городе Ривьера. Ранним утром мать Августа нанесла ей визит. Триша выглядела расстроенной, в то время как Август был безутешен.

- Прежде всего, прости меня, - сказала Лиза.

- Это не твоя вина, дорогая. Он сделал это из любви, - объяснила Триша.

Слезы текли по бледным щекам Августа, оставляя на них пятна, похожие на потеки от слез на окнах в дождливый день. Он изо всех сил пытался смириться с пугающей реальностью жизни без своего любимого Кристоффа рядом с ним. Одной этой мысли было достаточно, чтобы сломить его.

Кристофф однажды признался своим друзьям, что, если он умрет, именно Изен произнесет последние слова на его похоронах. Эта мысль теперь преследовала Изена, когда он стоял перед могилой своего брата, отчаянно пытаясь не разрыдаться. Но, несмотря на все его усилия, эмоции захлестнули Изена, и он горько заплакал, позволив своему горю и печали выплеснуться неудержимой волной. После нескольких долгих минут он, наконец, взял себя в руки и принял смелое решение произнести надгробную речь Кристоффу.

Когда Изабель осторожно положила свой букет цветов на надгробную плиту, Лизу терзали вопросы и сомнения относительно ее собственного существования. Казалось, что все ее существо было поглощено нескончаемым раскаянием за потерю Кристоффа.

В тот момент, когда она стояла перед местом последнего упокоения Кристоффа, никто не мог сказать или сделать ничего, что могло бы утешить ее от всепоглощающей боли потери и сожаления.

- Не делай этого с собой, пожалуйста, - попросила Изабель.

Зная, как сильно любят Кристоффа, она положила голову матери на колени и громко заплакала. Она выплакивала все свои чувства, пока от них ничего не осталось.

Тем не менее, хвалебная речь осталась в силе, поскольку Лиза сдерживала свои эмоции и держалась достойно.

"Я стою здесь как старший брат, - обратился Изен к собравшимся. - За все то время, что я знаю Кристоффа, я считал его хорошим человеком. Жертвовать нелегко, но любовь делает это легче. Вот чему он научил меня - любить и только любить. Пусть его жизнь всегда вдохновляет людей двигаться дальше, независимо от того, что преподносит им мир. И, наконец, да упокоишься ты, брат мой, наконец-то с миром".

Мрачная толпа отдала последние почести, обменявшись объятиями и соболезнованиями, прежде чем пришло время прощаться. И там стояла одинокая фигура, глядя на свежеуложенный надгробный камень, на котором было написано трогательное послание для вечности: "Пусть весна ворвется в твою жизнь, как это было в моей".

Резкий контраст белой заснеженной земли с темным камнем служил наглядным напоминанием о круговороте жизни и смерти. Когда Лиза повернулась, чтобы оставить кладбище позади, направляясь к новому месту и новому началу, ее окликнул слабый голос, как будто его донес легкий зимний ветерок.

Это было горько-сладкое прощание, но она знала, что весна всегда вернется в ее жизнь, даже в самые холодные времена.

- Собираешься куда-то? - Спросила Элли.

- Да, место, где я могу найти утешение, ” пробормотала Лиза.

- Тогда присоединяйся ко мне.

- И куда мы направляемся?

- Хьюлетту, - сказала Элли, протягивая Лизе свою визитку.

Новая жизнь

Прошло девять месяцев с тех пор, как Лиза в последний раз была в Хьюлетте. Это был опыт, который преподал ей бесчисленное множество ценных уроков, один из которых в настоящее время ярко иллюстрируется в книге, которую она держит в руках.

"Любовь требует жертв", - слова на странице, казалось, сами напрашивались на глаза, требуя ее внимания. - Но что такое любовь, если она не преодолевает боль? Оно не может просто существовать в тени счастья".

Пока она читала дальше, ее мысли эхом отдавались в голове, находя глубокий отклик в душе. "Кто мы такие, если не простые люди, творения, блуждающие по этому неосязаемому миру? Несмотря на то, что мы сами ходим по таким хрупким нитям, мы осмеливаемся любить, охотно опутывая себя паутиной с другими. Но у скольких из нас хватит смелости разорвать эти узы и отпустить единственного человека, который значит для нас все?"

Страницы продолжали переворачиваться по мере того, как она все глубже погружалась в борьбу и осознания персонажа. Лиза почувствовала, как ее захлестывает чувство решимости и преданности, когда она читала слова главного героя.

"Расставания были неизбежны в эти постоянно меняющиеся времена года. Определенно, настанут времена, когда мой голос может не доходить до тебя, и твои глаза тоже не смогут найти меня. Но я буду продолжать идти рядом с тобой, несмотря ни на что. Это обещание я сдержу.

- Я обещаю любить тебя и быть слишком эгоистичной, чтобы разделить свою боль. Быть слишком высокомерным, чтобы принимать жалость от других. И, возможно, даже слишком глупо для тебя, влюбившегося в меня, задаваться вопросом, почему ты выбрал меня.

Слезы навернулись у нее на глаза, когда она закрыла книгу, испытывая вновь обретенное понимание силы любви и ее способности преодолевать любые препятствия.

Слова этой истории вызвали противоречивые эмоции у ее читателей. Во всем этом чувствуется сильная страсть, но также и моменты легкости и радости.

Сегодня у нее есть возможность встретиться с автором этой феноменальной сенсации "Вальсирующие сердца". Роман покорил миллионы сердец по всему миру, и одни называют его трагическим, а другие - романтическим. Но, по ее мнению, только одно слово по-настоящему отражает его суть: душевный.

Сидя в самолете и жадно читая книгу, которая привлекла внимание всего мира, она не могла избавиться от чувства предвкушения. История еще не была закончена, так как Э. Гюго заявил в интервью, что в свое время напишет ее сам. И теперь она собиралась задокументировать вдохновение, лежащее в основе этого шедевра.

Вечером, когда она приземлилась в Хьюлетте, ее встретило ожидавшее такси, которое доставило ее прямо к дому Хьюго. Снаружи он казался простым, но просторным. Камердинер обслужил ее и проводил в уютную комнату ожидания, где она приготовилась к долгому ожиданию.

Прошел час, затем два, но неуловимого автора по-прежнему не было видно. Наконец вошел камердинер и извинился за ее отсутствие.

"Мне жаль, но Э. Хьюго не сможет принять вас сегодня. Срочное семейное дело требует ее внимания, - объяснил он.

Разочарованная, но понимающая, она спросила, будет ли свободна завтра.

"Да", - ответил камердинер.

"Очень хорошо, тогда моя ассистентка придет завтра, чтобы провести собеседование", - сообщила она ему, прежде чем покинуть помещение.

Выйдя на тротуар, она увидела поджидавшую ее машину. Садясь в машину, она вздохнула, разочарованная тем, что ее пребывание в Хьюлетте придется сократить, поскольку на следующий день состоится День основания ее собственной компании - важное событие для главного редактора.

Когда солнце взошло над Ривьерой, она вернулась из своего путешествия, и ее ждал напряженный день. Не теряя времени, она с головой ушла в работу. Каждая деталь была тщательно спланирована для сегодняшней встречи. Лужайка перед офисом, украшенная развевающимися белыми занавесками и ярко-красными розами, превратилась в потрясающее зрелище. В центре возвышается грандиозный подиум, ожидающий своих почетных гостей. Для празднования этого знаменательного события был тщательно подобран оркестр.

Однако среди всех этих приготовлений она заметила, что чего-то не хватает. Она повернулась к своей коллеге и поддразнила: "Моя дорогая подруга, ты планируешь прийти в вечернем платье?" Они вместе посмеялись, прежде чем он быстро побежал забирать свой костюм у портного.

Его звали Джеймс Батлер, он был моим близким другом и доверенным подчиненным. Вчера вечером он допоздна засиделся в офисе, отсюда и его взъерошенный вид. К счастью, его дом находился неподалеку, так что он мог легко переодеться.

Ближе к полудню мероприятие началось с того, что оркестр заиграл теплую мелодию, наполнив воздух нежными, но обнадеживающими звуками. Одетый в элегантный черный костюм, дирижер умело и утонченно руководил хором.

Время шло, и музыка достигла своего кульминационного финала. Как только она приготовилась насладиться последними нотами, у нее настойчиво зазвонил мобильный телефон. С сожалением она извинилась, что не принимает участия в празднестве, и поспешно вышла, чтобы ответить на звонок.

Звонок ее телефона нарушил тишину, и она подняла трубку с чувством предвкушения. - Алло? - ответила она с ноткой нетерпения в голосе.

“Извините, мэм, но я не смогла взять интервью у автора”, - сказала ее коллега на другом конце провода.

Ее сердце немного сжалось от этой новости, но она сумела взять себя в руки и ответила: “Все в порядке, ты можешь вернуться”.

Закончив разговор, она снова вошла в здание и заняла свое место, но была встречена громкими аплодисментами. Сбитая с толку, она повернулась к своей коллеге и спросила: “Я что-то пропустила?”

"да. Музыкальное окончание было великолепным... Этот человек безупречно срежиссировал его”, - с волнением отвечают они.

Она посмотрела на сцену, надеясь увидеть хор, который только что выступал. Но, к ее разочарованию, они уже ушли, и только одинокая дама стояла там, благодаря публику за высокую оценку.

Позже вечером, наконец, настала ее очередь выйти на сцену. Глубоко вздохнув, она поднялась по ступенькам и встала на подиуме. С уверенностью и изяществом она произнесла свою официальную речь, поздравив всех с их упорным трудом и самоотверженностью. Когда празднование началось, зал взорвался радостными возгласами и аплодисментами. На лужайке был накрыт грандиозный "шведский стол" из восхитительных блюд, которыми могли насладиться все желающие.

Что касается ее самой, то она нашла тихое местечко под тисом и наблюдала, как счастливые гости общаются и пируют. Она не могла сдержать улыбки, глядя на это радостное собрание.

Внезапно она почувствовала, как знакомая рука обняла ее сзади, и низкий голос прошептал ей на ухо: “Как дела, красавица?”

Ее сердце екнуло, когда она обернулась, чтобы посмотреть, кто это был. И когда она увидела его лицо, то вскрикнула от удивления и волнения.

- Адам, - выдохнула она, и ее руки тут же сомкнулись вокруг него в крепком объятии. - Я думал, ты еще не вернулся из своей поездки.

- Я не мог так долго оставаться вдали от тебя, - сказал он с очаровательной улыбкой, его глаза сияли от радости, что он снова видит ее.

Она отступила на шаг, все еще держась за него, и посмотрела в его глубокие карие глаза. - Все еще флиртуешь, как я погляжу.

"Что ж, я действительно имею на это право", - ответил он, и его голос был полон нежности и игривости.

- Да, это так. Она улыбнулась ему, чувствуя, как тепло разливается по ее груди. - Ты хочешь пойти куда-нибудь еще?

Он озорно ухмыльнулся. - Совершенно верно. Давай сходим в ресторан и узнаем все наши новости."

Адам был тем, кто вытащил ее из тьмы и заставил снова жить по-настоящему. Он нашел время, чтобы получше узнать ее, и не успела она опомниться, как обнаружила, что снова свободно улыбается и смеется. Они встречались 7 месяцев, прежде чем он сделал ей предложение, и теперь он был ее женихом. Она не могла поверить, как ей повезло, что он был рядом с ней.

Сезон осени

“В эти выходные, да”, - сказала Лиза, размышляя, пока они сидели в ресторане.

“Да, ” сказал он ей, “ все приготовления сделаны. Однако это требует вашего одобрения.”

“Угу...” Лиза сознательно медлила с ответом.

- У тебя есть столько времени, сколько тебе нужно, - улыбнулся он, поддразнивая ее, - но я уйду не с пустыми руками.

На это она рассмеялась: “Тогда очень хорошо. Итак; сегодня воскресенье.”

“Ага”.

- Но надень что-нибудь поприличнее. Иначе я убегу от алтаря, ” поддразнила она его.

- Я тебе не позволю. Не тогда, когда я вижу тебя ослепительной в этом белом платье, - с юмором ответил он.

Они оба поделились своими впечатлениями, и это был прекрасный день. Они объехали весь город, решая, что делать, а чего не делать в день свадьбы. Непринужденные беседы, вкусная еда и дух свободного путешествия сделали их маленькое путешествие очень ярким.

Итак, в ближайшие несколько дней они погрузились в свою рабочую жизнь, всегда ожидая выходных.

Если бы кто-нибудь в этот момент спросил Лизу о ее чувствах, она могла бы с уверенностью сказать: “*Да, я пошла дальше по жизни. Ушел от Кристоффа. И я счастлива*”.

Но какую власть имеет простой человек над будущим?

Именно за неделю до помолвки судьба крутанула свое колесо, и весь мир обрушился на нее.

Ее ассистентка не смогла встретиться с Э. Хьюго, поэтому интервью не состоялось. Но в эту пятницу ей позвонила сама писательница и пригласила приехать в Хьюлетт. Она хотела загладить свою непреднамеренную задержку.

Лиза приняла ее приглашение и в тот же день поехала к ней домой, и это было их собеседование.

Дама была средних лет, но выглядела очень хорошенькой. У нее были привлекательные манеры и элегантная речь.

"Я сожалею о частых задержках, которые вам пришлось пережить. Просто семейное дело требовало срочного решения.

- Я понимаю. Итак, мисс Хьюго, что послужило источником вдохновения для вашей книги?"

"Моя дорогая, "Вальсирующие сердца" - это реальная история. Это написано по собственным воспоминаниям человека."

" Действительно... Но тогда почему ты его не закончил? - С любопытством спросила Лиза.

- Потому что это не моя история. Люди, о которых вы читали в этой книге, существуют. И прямо сейчас, когда мы разговариваем, они находятся где-то там, в реальном мире. И я верю, что эти двое несчастных влюбленных обязательно встретятся. Но когда это произойдет? Только судьба может решить... видите ли, я всего лишь конвейер."

"Ладно... но в твоей истории мальчик любит девочку, так почему же он ей об этом не говорит?"

- Боюсь, этого я не могу раскрыть. Я пообещал этому человеку, что сохраню тайну. Я надеюсь, ты понимаешь.

- Хорошо, мисс Хьюго. Этого должно хватить, - сказала Лиза, вставая. - Спасибо, что уделили нам время.

"Мне очень приятно", - сказала она, пожимая Лизе руки, после чего Лиза покинула ее дом.

День клонился к вечеру, и легкий ветерок окутывал город своими объятиями. Небо казалось безоблачным, освещенным яркими звездами и сияющей луной. Лиза ехала домой с собеседования по

Хокинг-Хиллз и спускалась по склону к перекрестку, который находился немного впереди. Дорога была свободна, и, насколько она могла видеть, никаких неприятностей не было. Но потом это случилось.

Без предупреждения что-то выскочило перед ее машиной, и она отчаянно ударила по тормозам. Взвизгнули шины, когда машина остановилась. Она быстро выскочила из машины и побежала вперед, чтобы посмотреть, что заставило ее так внезапно остановиться.

К ее удивлению, это было знакомое существо. Несмотря на то, что прошло некоторое время с тех пор, как они виделись в последний раз, Лиза сразу поняла, что это Люси. Собака была цела и невредима и, охваченная возбуждением, неудержимо виляла хвостом. Люси прыгнула на Лизу, заставив их обеих упасть на траву рядом с тротуаром.

Люси продолжала лизать Лизу в лицо, и Лиза не смогла удержаться от смеха и погладила ее. Затем из ниоткуда раздался женский голос и спросил: "Ты в порядке?"

Лиза подняла глаза и увидела молодую леди, стоявшую рядом с ними.

- Да, я в порядке, - сказала она, поднимаясь.

- Мне так жаль. Она вырвалась из моих объятий и побежала к машине."

- Не бери в голову. Но где вы нашли этого спаниеля?

"Я не нашел Люси. Один человек дал мне его, чтобы я позаботился о нем. Кстати, почему она тебя облизывала? Вы ее знаете?"

- Да, она принадлежала одному из моих друзей.

".... Подождите, вы друг Айзена Хьюза? - с любопытством спросила она.

"Да, я Лиза".

- Ты такой... Лиза Спаркс! " удивленно воскликнула она.

- Да, - сказала Лиза, гладя Люси по голове, " по кто ты?

- Я Эвелин. Эвелин Хьюго. Можете называть меня Евой.

Это имя задело какую-то струнку в памяти Лизы.

" Подожди. Вы - Э. Гюго. Но я только что брала у вас интервью, - озадаченно сказала Лиза.

- Это мой ассистент. Видите ли, у меня не очень хорошо получается давать интервью, поэтому она делает это за меня".

- Эвелин... вы, случайно, не знаете Августа? - Спросила Лиза.

" Да, - сказала она в восторге, - он тоже приходил сюда?

"Нет. Но я думал, что Айсен присматривает за Люси."

- Изен, мэм, это тот, кто усыновил меня.

- Он женат? - спросил я.

"да...почему бы тебе не пойти с нами к нам домой?"

- Извини, я не могу. Я должен уйти."

"Пожалуйста", - настаивала она, и Люси тоже потянула Лизу за платье.

"Ладно. Садитесь на заднее сиденье, - сказала им Лиза, и они поехали.

- Итак, я полагаю, мы возвращаемся в тот же самый дом, - спросила Лиза Еву.

" Нет. Это всего лишь фиктивный офис, - сказала она. - Я живу в другом месте. Я покажу тебе это место... Я уверена, что мама и папа будут рады тебя видеть.

Пока Лиза вела машину, они болтали о многом. Одним из которых было это,

- Вы еще так молоды. Как вы написали этот рассказ?" - Спросила Лиза.

"Держу пари, моя ассистентка сказала вам, что это было по-настоящему", - сказала она.

"но... как такое может быть реальным? Я имею в виду, почему этот человек в той истории расстался со своей любовью?"

“Может быть, именно потому, что он любит ее, он не хочет, чтобы она была с ним”, - сказала она торжественным голосом.

***

Лиза проехала несколько улиц, прежде чем они остановились перед красивым домом. Когда они вошли, по комнате разнесся сладкий аромат.

- Держу пари, твоя мама поддерживает в этом доме порядок, - сказала она.

"Да... вот и она. Мамочка, посмотри, кто здесь? - спросила Ева.

Из кухни вышла симпатичная дама и поздоровалась с Лизой.

- Вы друг Айзена? - удивленно спросила она.

"Да."

- Замечательно, присаживайтесь, - сказала она, указывая на диван.

Она принесла Лизе чашку чая, и они разговорились.

- Итак, когда вы вышли замуж за Айзена? - спросила ее Лиза.

- Четыре года назад. Мы встретились здесь, в Хьюлетте, и сразу же влюбились друг в друга.

- Это мило, - сказала Лиза с улыбкой.

Она с достоинством приняла комплимент.

- Знаешь, дорогая, Изен рассказал эту историю Еве, и она ей так понравилась, что она ее записала. Ее творчество получило признание, и она стала выдающейся писательницей. Потом она приехала сюда, в Хьюлетт, и обосновалась.

- А что насчет Шайры? - Спросила Лиза.

- После ухода Кристоффа мы с Айзеном переехали сюда. Мы иногда бываем там. Знаешь, Изен так любит этих детей.

- Что сейчас делает Изен? - спросил я.

- Он работает в доках.

- Это мило.

- Так ты остаешься здесь, в городе?

- Нет, я должна уехать на свою свадьбу. Это будет через неделю.”

- Приятно это слышать, - сдержанно сказала она, когда Ева удалилась в свою комнату.

Их встреча была прервана, когда позвонила ассистентка Лизы, чтобы сообщить ей о предстоящем рейсе на Ривьеру.

- Извините, я уезжаю в такой спешке.

- Все в порядке. Пожалуйста, позвоните нам, когда будете здесь снова”.

- Конечно, будет.

Лиза вышла из дома Айзена в нерешительности. Приехав туда исправившейся и счастливой, она теперь вернулась в смятении, потому что имя Кристоффа снова всплыло в ее жизни. Та неделя, по ее мнению, стала самым продолжительным провалом. Тем не менее, она сохраняла бодрость духа.

Довольно скоро настал день свадьбы. И она обнаружила, что сидит перед зеркалом.

Одетая в белое платье, с распущенными локонами и красной розой на виске, она выглядела прелестно. Но улыбка исчезла с ее лица.

Ее логика больше не работала. У нее не было слов, чтобы описать свои чувства.

- Ты похожа на ангела, Лиза, - сказала ее мать.

Она не ответила, чувствуя оцепенение.

Как раз в этот момент раздался звонок в дверь, и то, что последовало за этим, изменило всю ее историю.

“Сегодня она выходит замуж”, - сказала Судьба Лак.

- Мы ничего не можем поделать, - ответил Лак.

“И все же любовь в ее сердце тлеет надеждой, - вмешался Создатель, - вот почему у меня есть для тебя простое задание, Удача: дойди до того перекрестка и скажи ”просто налево“”.

- Простое движение влево все исправит?

“Да, так и будет”.

И вот Удача замаскировался под заблудившегося путника и стал ждать, чтобы выполнить указание Создателя.

Синяя машина, за рулем которой сидела женщина средних лет, остановилась перед вывеской, возле которой он стоял.

“Мистер, вы не могли бы сказать мне, где находится Дворец Авроры”, - спросил женский голос.

- Конечно, поверни здесь налево, и ты найдешь его дальше по дороге.

“Спасибо”, - ответила дама, прежде чем уйти.

“Итак, куда же ведет ее эта дорога”, - размышлял Лак.

Синяя машина остановилась перед входом в место проведения свадьбы, когда женщина, держа в руках свой подарок и букет, вышла навстречу невесте.

“Извините, не могли бы вы сказать мне, где находится комната невесты?” - спросила она маленькую девочку.

- Прямо по левому коридору, - ответила она сладким голосом.

Шаги женщины возвестили о перемене обстановки, когда она постучала в дверь.

Мать Лизы открыла его и приняла букет с предельной вежливостью, прежде чем женщина спросила о невесте.

“Она здесь”, - ответила мать.

Лиза обернулась, чтобы услышать этот голос, который изменит их вселенную.

” Шарлотта, - удивленно воскликнула женщина, - Боже мой! Это действительно ты.”

Застигнутая врасплох звучанием этого имени, Лиза казалась озадаченной.

Тем не менее, она продолжила: “Боже мой. Адам женится на тебе. Это превосходно.”

В тот момент Лиза не была так уверена. Она нуждалась в разъяснениях, поскольку ее мать казалась задумчивой. "Меня зовут Лиза. Лиза Спаркс. Вы, должно быть, приняли меня за другого человека.

На это женщина ответила: "Определенно нет. Ты был первым человеком, у которого на талии сзади было вытатуировано греческое имя. Я отчетливо помню тебя. Разве ты не помнишь?"

Ее рассказ напомнил Лизе о татуировке Шарлотты из дневника Кристоффа, прежде чем она передала ее своей матери для объяснения. Только она могла прояснить эту неразбериху.

Присев на стул, чтобы успокоить нервы, ее мать выпила стакан воды и решительно сказала: "Я боялась, что этот день может наступить. Но прежде чем я что-нибудь расскажу, пообещай мне, что будешь сохранять спокойствие.

"Я верю".

- Тогда очень хорошо. Твое настоящее имя Шарлотта Уитмен. Несколько лет назад вы попали в аварию, после которой страдали от ретроградной амнезии. В то время вы были помолвлены с Кристофом Майерсом.

При этих словах она замолчала, пустила слезу и продолжила: "Его профессия ставила вашу жизнь под угрозу, из-за чего я заставила его уйти из вашей жизни. Вся твоя предыдущая история была стерта, и тебе дали новое имя - Лиза Спаркс."

- Но каким-то образом я наткнулся на него в Шайре. Его бабушка прислала мне его дневник. Шарлотта - женщина, которую он любит, если верить дневнику. Это у нее греческая татуировка, - горячо говорит Лиза.

- Именно она передавала вам этот дневник в течение всего августа. Увидев, что ты снова испытываешь к нему чувства, она сделала это."

- А что насчет татуировки?

- После того несчастного случая мне удалили его лазером.

- Значит, той девушкой на Чарринг-Кросс была я.

- Верно, дорогая. Вы с Кристоффом были друзьями детства. Пока ты училась за границей, он нашел работу в "Барроуз". Когда вы вернулись, те чувства, которые вы испытывали друг к другу, возродились с новой силой. Но инцидент на Чарринг-Кросс привел к взрывам 29 марта в Ривьере. Видя это, я решил, что для тебя будет лучше бросить Кристофера.

" Зачем ты все это сделал?

- Это потому, что я люблю тебя. Я хочу для тебя светлого, безопасного будущего".

- Даже если это происходит ценой компромисса с любовью.

"Знайте: для матери ее дочь - самый главный приоритет".

Этот разговор с матерью поколебал волю Лизы. Никогда прежде она не чувствовала, как ее личность разрывается на части, и обнаружила, что мужчина, которого она любила, ответил ей взаимностью. Ее сердце не могло смириться с его падением, и сегодня она жаждала его прикосновения.

Как она могла двигаться вперед, зная, что то, что он сделал, было сделано из любви к ней?

Зимний мороз

Подружка невесты следовала за Лизой по пятам, пока та шла по красной дорожке. Лиза смотрела вперед, но не на Адама. На нее нахлынуло прошлое, и каждый шаг приносил с собой волну воспоминаний о "нем". Его лицо вторглось в ее сознание; их слова, моменты, проведенные вместе, бушевали в ней.

Наконец она добралась до алтаря. Священник запел гимн, и начался обмен клятвами. Когда настала очередь Лизы, ее голос сорвался на рыдание. Слезы текли по ее лицу, несмотря на все ее усилия сдержать их. "Я… брать… эта клятва… - пробормотала она, запинаясь.

Адам заметил ее огорчение. Все взгляды были прикованы к Лизе. Он прервал меня, спросив священника: "Падре, можно мне поговорить с ней минутку?"

Он взял ее за руку и повел за кулисы к какому-то дому. За ними последовал недоуменный шепот, некоторые даже окликали, но Адам не обращал на них внимания. Он открыл дверь, пропустил Лизу внутрь и закрыл ее.

"Ты плачешь, Лиза. В чем дело?" мягко спросил он.

"Это Кристофф…" - прошептала она, а затем пересказала все. Адам, как всегда, внимательно слушал. Когда она закончила, он задал только один вопрос: "Ты любишь его?"

- …Да, - ответила она.

- Тогда давай уйдем, - сказал он.

" Но люди… - запротестовала она.

- Люди, они немного поболтают, а потом забудут. Важно то, во что ты веришь, - твердо заявил он.

Он взял ее за руку и вывел через заднюю дверь к своей машине. - Заходи внутрь, быстро, - поторопил он. - Мы в гостях у Хьюлетта.

Лиза повиновалась, и они ушли, оставив гостей на свадьбе в недоумении и перешептываться.

После долгой поездки они прибыли в Хьюлетт. Адам ехал по Хокинг-Хиллз, а Лиза смотрела в окно. Опустились сумерки, окрасив небо в необъяснимую смесь красного и оранжевого.

Он остановился перед ивовой калиткой. Они пошли по усыпанной гравием дорожке, но их остановила громкая музыка, доносившаяся из дома Изена.

Лиза направилась к заднему двору, Адам последовал за ней. Эвелин стояла на возвышении, дирижируя группой студентов, которые играли на скрипках. Сцена была поразительной — огни освещали тисовое дерево, а музыка, хотя и печальная, несла в себе проблеск надежды.

Эвелин заметила Лизу и остановилась. В ее глазах была печаль. Она попросила студента подменить ее и подошла к Лизе.

“Лиза… Рад тебя видеть. Пожалуйста, проходите в дом, - сказала она, приглашая их войти.

Они сели на двухместный диван лицом к Эвелин.

“Отец уехал в командировку...” Начала Эвелин, но Лиза перебила ее.

- Не притворяйся больше, - серьезно сказала Лиза.

“ Притворяться? Эвелин изобразила невинность.

“Да... моя мама мне все рассказала”, - призналась Лиза.

Эвелин закрыла глаза, явно потрясенная. - Шарлотта, верно, - наконец признала она.

“Если вы видите нас, то должны понимать, что мы только что сорвали нашу собственную свадьбу, чтобы Лиза могла увидеть Кристоффа. Пожалуйста, скажите нам правду”, - заявил Адам.

“Хорошо… но сначала, прости меня за то, что я сдерживаюсь”, - сказала Эвелин.

- Я понимаю, почему ты это сделал, - ответила Лиза, пытаясь утешить его.

"Честно говоря, я не знаю, жив Кристофф или нет. Но у меня сохранился блокнот моего отца с записью, сделанной его почерком: "Я самый счастливый человек в мире. Есть люди, которые заботятся обо мне. А еще есть Шарлотта, которая слишком сильно переживает. У нее впереди целая жизнь, и я не буду стоять там в качестве препятствия".

- Это так на него похоже, - сказала Лиза.

- Итак, что ты собираешься делать? - Спросила Эвелин.

"Мы не знаем", - ответил Адам. - Он может быть где угодно. Мы думали, вы знаете, где он?"

"Нет, не знаю", - ответила Эвелин. - Он никогда не связывался с нами.

Больше никакой информации получить было нельзя. Они поблагодарили Эвелин и оставили Хьюлетта в таком же неведении, в каком приехали. Однако желание Лизы найти Кристоффа оставалось непоколебимым. Она была уверена, что он жив, и она найдет его. Должна же быть какая-то причина, по которой татуировщик вмешался в их свадьбу.

***

Покинув Хьюлетт, они отправились в Шайру, чтобы найти информацию о Кристоффе. Их поиски ничего не дали; никто его не видел и ничего о нем не слышал. Не имея никаких зацепок, они вернулись на Ривьеру.

Прошла неделя. Лиза искала все возможные зацепки, но каждая из них оказывалась тупиковой. Ее некогда сильная надежда таяла с каждым мгновением. Она не могла сосредоточиться на своей работе; его лицо постоянно возникало у нее в голове, когда она оставалась одна. И все же любая попытка достучаться до него казалась тщетной и таяла, как снег.

Ее жизнь стала невыносимой, зима казалась бесконечной. Однажды воскресным вечером, лежа на диване, она перечитала последние слова Кристоффа, процитированные Эвелин в ее книге:

"Я слишком эгоистичен, чтобы делиться своей болью".

“Да, это так”, - ответил я.

“Я слишком высокомерен, чтобы меня жалели”.

- Я это знаю, - сказал он.

- Слишком глуп, чтобы заставить девушку, которая влюбилась в меня, задаться вопросом: “Почему я влюбился в этого идиота?”

- Но вот тут-то ты и ошибаешься. Ты, конечно, глупый. Но как я мог не влюбиться в тебя? Ты - моя жизнь, Кристофф. Я неполноценен без тебя. Пожалуйста, вернись”.

- Пожалуйста...

Слезы текли по ее лицу, когда она, всхлипывая, заснула.

Удары сердца

Пронзительный звон прорезал оживленную атмосферу бара на Кюрасао, конкурируя со звоном бокалов и жизнерадостной карибской музыкой. В темном углу сидела Эллисон, погруженная в меланхолию. Ее сетчатый кардиган ниспадал каскадом поверх нежного белого топа и шорт в цветочек, кожа все еще была влажной после ночного купания.

Рядом с ней появился Квентин, его присутствие внесло искру энергии в эту мрачную в остальном сцену. - Большинство наслаждается празднеством, но наша девица по-прежнему мрачна. Тяжело переносить одиночество?" сочувственно спросил он.

Эллисон покачала головой, на ее губах заиграла легкая улыбка. "Напротив, я встретила человека, который видит меня такой, какая я есть", - сказала она.

"Он хороший парень", - согласился Квентин, кивнув. - Всегда приятно, когда он рядом.

- Действительно, - задумчиво ответила она.

Взгляд Квентина задержался на ней, восхищаясь ее красотой, когда они выходили из бара. На пляже он не мог не выразить своего восхищения. - Ты растопила бы лед в сердце любого мужчины. Так почему же ты сидел там с таким мрачным видом?

- Не смогла найти ни одного, от которого стоило бы растаять, - поддразнила она, улыбаясь. Мягкие песчинки под их ногами казались живыми, они шевелились, когда они шли к костру. Полная луна и звездное небо над ними излучали волшебное сияние, а легкий ветерок овевал их кожу. Они присоединились к своим друзьям, собравшимся вокруг ревущего пламени, тепло которого распространялось наружу и согревало их лица.

"Это чудо, что мы все здесь", - заметила Джойс, и ее голос был слышен даже сквозь треск огня.

“Да, этот человек, который спас нас, никого бы не бросил”, - добавил Диего с восхищением в голосе.

“Подвиг, который я бы не осмелился повторить”, - вмешался Джеффри, предлагая всем выпить.

- Ты можешь повторить это еще раз, - согласился Стивен. “Этот сумасшедший парень умудрился пережить падение с водопада Анхель без единой царапины!”

- И ему даже удалось спасти Ювиско, - с улыбкой добавила Кара.

“Я все еще не могу в это поверить”, - изумленно произнесла Алиса.

- Позвольте мне пролить немного света на ситуацию, - предложил Квентин. - Он использовал грейферный крюк Джеффри и заряженные подошвы своих ботинок, чтобы замедлить спуск, создавая восходящий поток внутри электромагнитного поля, которое я генерировал внизу. И, несмотря на сложности, связанные с захватом Ювиско, они смогли сбежать через систему подземных пещер, которую Джеффри наметил заранее. Это было довольно напряженное путешествие, и им повезло, что они остались живы”.

- Удача обычно не сопутствует нам, - сказал Диего, пожимая Джеффри руку в знак благодарности.

Элис делилась историями из своего прошлого. У каждого была своя история, но не хватало одного человека — пустого места между Джеффри и Эвансом.

“Ищешь Кристоффа?” - Спросил Стивен, обнимая Кару.

“Да”, - ответила Эллисон.

- Он на пирсе, - сказал Зико, поджаривая маршмеллоу.

Эллисон заметила Кристоффа в доках. Она осторожно приблизилась, но он узнал ее шаги.

” Арчер, что привело тебя сюда? - Спросил Кристофф.

“Я могла бы спросить о том же”, - ответила она.

“Морские волны бьются о скалы...... они напоминают мне кое-кого”, - сказал он.

- Я полагаю, это та дама из Энджел-Фоллс? спросила она, садясь рядом с ним.

- Ее зовут Шарлотта, - задумчиво ответил он.

- Должно быть, она была особенной.

- Ты и представить себе не можешь, насколько.

- Вообще-то, я могу. Принять это... fall...it должно быть, это была страстная любовь, за которую стоило умереть.”

- Хороший вывод, - сказал он.

- Итак, что произошло? она спросила.

- Это долгая история.

- Сегодня канун Нового года. У нас есть время. Хочешь разделить свое одиночество?”

- А что тебя интересует?

“Я бы хотела узнать мальчика внутри этого мужчины”, - ответила она.

“Он сдержанный”, - сказал он.

“Она - живой провод... Сексуальности недостаточно, чтобы описать это сверкающее сердце. Она - залог верности моей души”, - процитировала Эллисон его работу.

- Вы читали черновик, - удивленно сказал он.

Когда серебристые лучи луны бросили мерцающий отблеск на лицо Эллисон, Кристофф заколебался, но в конце концов начал рассказывать свою историю. Он нарисовал яркую картину своей детской дружбы с Шарлоттой, их воссоединения и душераздирающих событий, которые в конечном итоге разлучили их на Чарринг-Кросс. С каждым словом он очаровывал Эллисон и все глубже втягивал ее в свой мир.

Он подробно описал свою роль в предотвращении взрывов и эвакуации людей из зданий, а также трагический инцидент на Метрополитен-сквер, в результате которого Шарлотта и их друг

Хоссе получили ранения. Его голос слегка дрожал, когда он говорил об амнезии Шарлотты и ее новой личности Лизы Спаркс - сокрытии, которое стоило жизни 51 невинному человеку и привело к его добровольному изгнанию.

В ночной тишине Кристофф повернулся к Эллисон, их руки переплелись. Прохладный ветерок шелестел в кронах деревьев, заставляя ее волосы трепетать вокруг лица.

” Разве Хоссе не поправился? тихо спросила она.

Кристофф покачал головой. - Изабель держит меня в курсе событий.

Эллисон кивнула, в ее взгляде читалось восхищение. - Она сильная.

“Выносливость - ее сильная сторона”, - согласился Кристофф.

Любопытство Эллисон больше не могло сдерживаться. - А что насчет Шарлотты?

“Наши пути с Шарлоттой снова пересеклись в Шайре”, - объяснил Кристофф. - Мы расстались по“дружески, но память к ней еще не вернулась. Но у судьбы были другие планы на нас в Энджел-Фоллс.”

- В вашем рассказе Джойс - главный герой? Эллисон продолжила расспросы.

“Настоящим противником был план Братьев по развертыванию Polaris”, - пояснил Кристофф. - Но Джойс в конечном счете помогла нам, движимая своей любовью к Диего. Это она подарила мне флешку во время нашего поцелуя на фабрике Хогана.”

Глаза Эллисон расширились от понимания. - Это та же самая машина, которую Хоссе передал Изабель на авеню Фоллс?

“Да”, - подтвердил Кристофф. - Здесь хранятся все зашифрованные воспоминания Шарлотты, и только Хоссе знает пароль.

- И поэтому ты спланировал свой побег на водопаде Ангелов? - Спросила Эллисон, сопоставляя факты.

“Шарлотта заслуживает шанса двигаться дальше”, - твердо сказал Кристофф. - Я не буду препятствием в ее новой жизни.

 Когда ночь стала холоднее, Эллисон рассказала о своих собственных потерях и причинах, по которым она присоединилась к проекту Polaris. Она призналась, что поначалу была удивлена добровольным изгнанием Кристоффа, но теперь поняла его доводы.

- Ты очень откровенен, Кристофер, - заметила она.

Он мягко улыбнулся. - А ты замечательная женщина, Эллисон.

Интерлюдия

Было утро понедельника. Лиза проснулась от звонка будильника, пытаясь настроиться оптимистично, убеждая себя, что именно сегодня она встретит Кристоффа. Она съела скудный завтрак и поехала в офис. Час спустя она обнаружила, что смотрит в окно своего кабинета вместо того, чтобы работать.

В дверь постучали. Вошел ее ассистент Джеймс, сел за ее стол и показал ей какие-то документы. Затем он спросил, указывая на фотографию Кристоффа на ее столе. " Откуда ты знаешь этого парня?

- Вы его знаете? - спросил я. - Нетерпеливо спросила Лиза.

"да. Моя жена, страдающая болезнью Аддисона, посетила Йоркширскую больницу четыре месяца назад. Тогда я и познакомился с ним, - ответил Джеймс.

В Лизе вспыхнула искра. - Вы можете сказать мне, где находится больница? она спросила. Как только он ответил, она сразу же отправилась домой.

Тем временем Изабелл позвонила Кристоффу. "Сегодня палец Хоссе шевельнулся", - сказала она.

- Он приходит в сознание! Это замечательная новость, " ответил Кристофф.

- Я позвонил врачам, они оценивают его выздоровление.

- С вами еще кто-нибудь был?

" Нет, только я.

- Я сообщу Трише и нашим друзьям. Ты останешься с ним.

Изабель была вне себя от радости, когда Хоссе открыл глаза. - О Боже мой! Он проснулся! - закричала она. Кристоффа тоже переполняли эмоции. Он упал на колени, заливаясь слезами счастья.

- Иза, - слабым голосом произнес Хоссе.

- Ты долгое время был в коме.

“Приятно видеть, как ты время от времени плачешь”, - поддразнил ее Хоссе.

- Ты даже не представляешь, как сильно мне хочется влепить тебе пощечину за то, что заставил меня так долго ждать, ” парировала Изабель.

- Ты можешь, милая, в любое время, - ответил он, не теряя чувства юмора. Затем он спросил: “С кем вы разговаривали по телефону?”

- Кто же еще, как не твой брат Кристофф!

- Как поживает этот парень? - спросил я.

- Многое произошло. Я помогу тебе наверстать упущенное. А пока отдохни.

Именно череда событий привела Шарлотту в больницу, где Хоссе пришел в себя. Она показала фотографию Кристоффа секретарше в приемной и спросила, заходил ли он к ней. Секретарша в приемной через мгновение отозвала его. Она рассказала, что он навещал Хоссе Джина Хоффмана в номере 306.

Шарлотта вошла в комнату, но обнаружила Изабель только снаружи.

” Шарлотта, что ты здесь делаешь? - Спросила Изабель.

“Кристофф, он жив, не так ли?” - прямо спросила Шарлотта.

- Так и есть, - призналась Изабель.

- Зачем было скрывать это, когда я спросил тебя в первый раз?

- Это потому, что у вас, ребята, забытая история.

Врачи и медсестры прервали его, обсуждая состояние здоровья Хоссе. “Он настроен оптимистично и должен быстро восстановиться. Убедитесь, что он не испытывает эмоциональных потрясений”, - сказал ведущий врач.

Шарлотта успокоилась, когда Изабель отвела ее в комнату Хоссе. Шарлотта, увидев Хосса впервые после несчастного случая, не узнала его.

- Чарл, где Кристофф? - спросил я. - Спросил Хоссе.

- Она тебя не помнит, - объяснила Изабель.

- С ребенком? - обеспокоенно спросил Хоссе.

"Она не выжила в катастрофе", - печально призналась Изабель.

Это потрясло их обоих. Хоссе не мог поверить в то, что случилось с его друзьями, в то время как Шарлотта плакала, понимая исчезновение Кристоффа.

Изабель рассказала о событиях: помолвке Кристоффа и Шарлотты, ее беременности, несчастном случае, их госпитализации, смерти ребенка Шарлотты, чувстве вины Кристоффа, его решении вычеркнуть себя из жизни Шарлотты и роли ее матери во всем этом.

Это глубоко потрясло Шарлотту. Хоссе попытался сложить кусочки головоломки воедино.

- Иза, на Авеню Фоллс я кое-что положил в карман твоего пальто. У тебя все еще есть это платье? - Спросил Хоссе.

- Я нашел его и хранил дома. Оно было зашифровано, - ответила Изабель.

"Насколько я помню, Шарлотта была с ребенком", - сказал Хоссе. - Кто рассказал вам о смерти девушки?

- Мать Шарлотты, - ответила Иза.

- Там есть еще кто-нибудь? - Спросил Хоссе.

- Все наши друзья были в больнице. Может быть, они знают, - сказала Иза.

"Мое состояние не позволяет мне уйти, но если бы вы могли попросить кого-нибудь принести этот диск с данными, к Шарлотте, возможно, вернулась бы память", - сказал Хоссе.

Изабелл немедленно позвонила Трише и попросила ее привезти диск с данными в Йоркшир. - Я уже иду, - ответила Триша.

Ожидание было напряженным. Через два часа приехала Триша.

- Я принес диск с данными. Вот, - сказала она.

Хоссе включил свой ноутбук, подключил накопитель и расшифровал его, используя пароль Кристоффа.

“Я полагаю, вы имеете право узнать это первой”, - сказал Хоссе, передавая компьютер Шарлотте.

***

Первые лучи утреннего солнца коснулись лица Шарлотты, когда она прислонилась к плечу Кристоффа. Он не спал и смотрел на долину. Айзена нигде не было видно.

Шарлотта склонила голову набок, привлекая его внимание.

- Доброе утро, - поздоровался он с улыбкой.

- Тебе идет эта улыбка, - ответила она.

- Конечно, имеет. Вот, - сказал он, протягивая ей чашку.

“ Латте. Не знала, что такое подают в поездах?” удивленно спросила она.

- Нет, это из станционного кафе. Мы в "Тиаре". Изен разминает ноги. Это двадцатиминутная остановка, - объяснил он.

“Что ж, тогда давай выйдем и присоединимся к нему”, - ответила она, потянув Кристоффа за собой.

Когда они шли по платформе, утренний ветерок дул успокаивающе. Красное небо над изрезанными холмами придавало уединенной станции деревенский шарм. Шарлотта молча поблагодарила его.

Когда она сделала глоток латте, Кристофф остановился и повернулся к ней.

- Ты что-нибудь сказал? - спросил я. он спросил.

Застигнутая врасплох, все еще держа чашку у рта, она посмотрела в его любопытные глаза. Он щелкнул пальцами у нее перед носом. Она сделала глоток и выпалила,

- Ты что, в некотором роде телепат?

“Черт, что я такого сказала?” - выругала она себя.

Кристофф рассмеялся, отступил назад и сделал снимок на свой телефон.

- Это попадет в кадр, - озорно сказал он.

- Что тут смешного? - надменно спросила она.

- Вам идут эти усы, Ватсон, - усмехнулся он.

Внезапно ее осенило. - Покажи мне это, - потребовала она, но Кристофф уже двигался.

Она погналась за ним. “Кристофф, ты, дырка в заднице, отдай это мне!” - выругалась она.

“Нет, я опубликую это в ”Книге дураков"", - усмехнулся он, оглядываясь назад.

Айзен стоял впереди и пил кофе, когда Кристофф обошел его.

- Приятель, что случилось? - Спросил Изен, оглядываясь назад.

“Стой спокойно, Изен”, - сказал Кристофф, держа его за плечи.

- Шарлотта? - позвал я. - озадаченно спросила Изен, бросаясь к ним.

- Не вмешивайся в это, Изен, - парировала она.

“Ого”, - ответила Изен, заслоняя Кристоффа, когда попыталась обойти его. - Я не знаю, что происходит, но двое взрослых людей так себя не ведут.

- Говори это себе, когда будешь не совсем трезв, ” парировала она.

- Да, он был трезв. Это постоянно, временно, - поддразнил Кристофф, размахивая телефоном за спиной Изен и показывая ее фотографию с усами.

Это разозлило Изена, и он перестал играть роль посредника.

- Дай это мне, - сказала она, подскакивая.

Айсен встал между ними, и Шарлотта упала на Кристоффа, который смягчил ее падение.

“ Ух ты! Это была бы пустая трата чертовски хорошего кофе, - сказал Изен, сделав глоток и оставив их на платформе.

“Ой”, - сказал Кристофф с болью.

Откинув волосы с его лица, Шарлотта потянулась к телефону. Он не отпускал меня.

- Не так-то просто, Шарлотта, - сказал он, опуская ее на землю.

- Будь ты проклят, Кристофф, - сказала она, снова поворачиваясь к нему лицом.

Их взгляды встретились.

- Отпусти, - сказала она дрожащим голосом. Он покачал головой, загадочно улыбаясь. Она поняла, что это означало “нет”.

Ее щеки вспыхнули, прежде чем их прервал свисток поезда.

Он отпустил ее запястье. Она взяла телефон и вернулась в поезд.

Она сидела у окна, пытаясь разобраться в происходящем, когда Изен сказал,

” Почему бы тебе не сказать ему?

Мысль о романтических отношениях с ним заставила ее задуматься о том, как он воспринимает их дружбу и любовь.

“Изен, это должно исходить от него”, - ответила она.

- Он никогда этого не скажет, даже если и скажет. Вот такой он, - сказал Изен.

“Думаю, тогда мне просто придется подождать подходящего момента”, - сказала она.

Она просмотрела несколько видеороликов с диска данных. Тревожное чувство росло по мере того, как она осознавала их связь.

Финальное видео было записано Ньюманом Ридсом (Newman Reeds). Она поняла, что вдохновением для создания Polaris послужила она сама. Он обратился к ней как к своей дочери, прежде чем сказать,

- Я знаю, ты винишь меня во всем, что случилось с тобой в прошлом, вот почему я изобрел Polaris, чтобы поддерживать связь со своей дочерью. Мужчина, с которым я тебя видел, был тем, кому я доверил дело своей жизни. Ты - самое дорогое сокровище, которое у меня когда-либо могло быть. Это мой подарок тебе”.

Видео закончилось. Она уставилась на монитор.

- И куда это нас приведет? - спросил я. - Спросил Хоссе.

“Где бы ни был Кристофф”, - ответила она.

Эпилог

- Когда два человека искренне любят друг друга, им улыбаются даже небеса. Для тех, кто любит от всей души, они сами пишут свою судьбу".

Такова была их история, звезды сошлись, чтобы изменить их судьбу. Кристофф был настолько неразрывно связан с жизнью каждого из нас, что его отсутствие после Энджел Фоллс оставило огромную пустоту. Шарлотта любила его больше, чем думала, а он выражал это меньше, чем чувствовал. И все же судьба связала их воедино, и, к счастью, они были помолвлены.

Все еще борясь с чувством вины, из-за которого он бросил ее, Шарлотта ехала ночью по району Спрингтон. Полная решимости загладить свою вину, она добралась до Звездного озера.

"Там ты его и найдешь", - сказала Изабель.

Это место было освещено бесчисленными звездами на фоне красного горизонта. Обширная сельская местность, покрытая вереском, была покрыта тающими подснежниками. Красные розы, обсаженные одуванчиками, подчеркивали его красоту, а небольшая пешеходная дорожка вела к сверкающему голубому озеру посреди бурлящей весны.

Шарлотта вышла из машины и пошла по дорожке. Птицы пели мелодию на розовых деревьях бугенвиллеи. Она прошла уже некоторое расстояние, когда зазвучала поразительно теплая, мелодичная музыка, заставившая деревья затрепетать.

Она побежала быстрее, узнав знакомую мелодию. Пока она бежала, музыка становилась громче. Ее сердце забилось быстрее, и, наконец, вот он — Кристофф, играющий на скрипке на берегу озера под лунным небом.

Озеро волновалось, и пели птицы. Он заиграл мелодию Соловья. Синхронизация была идеальной, но в то же время неестественной, как огонь и лед, и оставляла неизгладимое впечатление. Каждый аккорд выражал чувство, и Кристофф был полностью поглощен им.

Шарлотта замедлила шаг и остановилась, прислушиваясь и ощущая его эмоции. Даже природа, казалось, была зачарована, потому что сияние звезд исчезло под колышущимися черными тучами, и пошел дождь.

Когда он замолчал, наступила оглушительная тишина. Все прекратилось.

“Кристофф”, - позвала она.

В тот момент, когда он услышал ее голос, скрипка выскользнула у него из рук и со стуком упала, когда он повернулся и неподвижно посмотрел в ее сторону.

Небеса знали о конфликте в их сердцах. Судьба разыграла свои карты, но теперь между ними ничего не осталось. Стояли только он и она. Он сдерживал свои эмоции, но она это видела. Она не заставит его ждать дольше.

Она подошла к нему и встала лицом к лицу.

- Я здесь...Кристофер, ” сказала она.

“.... Шарлотка....что ты...”

- Что я здесь делаю, - закончила она за него фразу.

- Да, - сказал он, испытывая противоречивые чувства. Его поведение казалось нормальным, но глаза выдавали его с головой. Он плакал про себя, даже когда они промокли насквозь под холодным дождем.

- Почему ты не сказал мне правду? - спросила она.

- Я не хотел, чтобы чувство вины обременяло тебя, и я все еще считаю, что тебе следует уйти. Теперь это лучший выбор для вас.”

Эмоции переполняли ее. Она справилась со своей болью, подняла руку и сильно ударила его по правой щеке.

Пощечина причинила ей не такую боль, как его любовь. Звук эхом разнесся в тишине, нарушаемый только ее всхлипываниями и сдавленным голосом.

- Глупец... Никогда больше не думай об этом... - сказала она, обхватив его лицо ладонями и наклоняясь к нему так, что их головы соприкоснулись. "Ты дополняешь меня, Кристофф, твоя любовь... делает мою жизнь стоящей того, чтобы жить..." - сказала она, и по ее щекам потекли слезы.

Он молчал, пока его теплое дыхание касалось ее холодного лица. Наконец она произнесла это с грустной улыбкой.

- Знаешь что?..Возможно, я первый человек в мире, который дал парню пощечину, а потом сказал ему: "Я люблю тебя, Кристофф. Всегда любил и всегда буду любить".

Эти три слова вызвали отклик. Вытирая ее слезы, он смиренно произнес:

"Чарл... не люби меня так сильно..."

- Ничего не могу с собой поделать, - воскликнула она.

Второй раз в ее жизни он отвел прядь волос с ее уха. Наклонив голову, он поцеловал ее в губы.

Такой теплой и любящей была эта любовь, что даже под дождем они стояли под ночным небом, уютно устроившись в объятиях друг друга, не желая расставаться.

***

Играла музыка, когда Шарлотта шла по проходу, а Эвелин следовала за ней в качестве подружки невесты. Кристофф стоял у алтаря, ожидая ее.

Проходя по красной дорожке, она увидела на лужайке знакомые лица. Они улыбнулись, когда она проходила мимо. Она подошла к алтарю, и они встали рядом. Священник совершил ритуал, и пришло время обменяться кольцами.

Шарлотта подарила Кристоффу кольцо, но у него его не было.

- Ты забыл кольцо! - воскликнула она.

- Нет... нет, просто подожди немного, - сказал он.

Прошло две минуты, когда впереди остановилась машина. Шафер вышел из машины и направился к ним, вручая Кристоффу кольцо.

- Вот, держи, - сказал он.

- Слава богу, ты успел вовремя, Август, ” сказал Кристофф.

Август, однако, проигнорировал задержку, глядя на Эвелин и улыбаясь. Шарлотта заметила взаимную реакцию Эвелин.

Церемония продолжилась, и падре сказал: “Теперь вы можете поцеловать невесту”. Кристофф что-то прошептал падре на ухо.

“ Падре. Можно, ” смиренно произнесла Шарлотта.

"ой! Я забыл об этом. Ты можешь поцеловать жениха, - сказал падре, поворачиваясь к ней.

Она улыбнулась и поцеловала Кристоффа, а зрители засмеялись и зааплодировали.

“Ты же знаешь, что они смеются”, - сказала она.

“Они, наверное, ревнуют”, - ответил он, и они поцеловались.

Начался свадебный прием, и все веселились, танцуя вальс в такт своему сердцу.

Независимо от того, насколько униженным мы чувствуем себя из-за жизненных проблем, друзья, семья и близкие помогают нам подняться. Именно их любовь делает несовершенные жизни такими прекрасными.

Вот почему эта история не была закончена до тех пор, пока Шарлотта не рассказала о судьбе своих близких.

Элисон нашла спутника жизни на свадьбе. Они с Адамом были счастливы в браке. Они были прекрасной парой, как Иза и Хоссе, которые ждали своего второго ребенка.

Август и Эвелин возобновили свой роман и теперь встречались. Триша успешно построила свою собственную больницу, благодаря помощи Изена и Джеффри. Ресторан Rum-Pot Inn, который Изабель подарила Изену после возвращения Хоссе, расширился и благодаря инвестициям Джеффри стал популярным местом для гурманов. Шарлотта и Кристофф были счастливы, присматривая за Дживой и Яаном, которые играли со щенками Люси, Леной, Лит и Пипом. Люси нашла компаньонку и жила с ними в их новом доме в Шайре. Шарлотта была уверена, что бабушка была бы счастлива присматривать за ними и их маленькими ангелочками.

Шарлотта заключила, надеясь, что ее читатели запомнят это: "За всем стоит какая-то причина. И когда ты найдешь его, пусть весна ворвется в твою жизнь, как это было в нашей".